Agathe

Anne Cathrine Bomann

Tradução do dinamarquês: Guilherme da Silva Braga

nvmb
EDITORA

Mathema

Se eu me aposentasse aos 72 anos, haveria ainda cinco meses a trabalhar. Isso corresponderia a 22 semanas e, se todos os pacientes aparecessem, significaria que eu ainda faria 800 consultas. Se os pacientes desmarcassem ou adoecessem, o número naturalmente seria menor. Havia um certo conforto nisso, apesar de tudo.

Quadrados

Eu estava sentado junto à janela, olhando para a rua, quando tudo aconteceu. O sol da primavera surgiu em quatro quadrados assimétricos no meu tapete e deslocou-se, devagar e sempre, por cima dos meus pés. Ao meu lado estava uma primeira edição ainda fechada, nunca aberta, de *La nausée*, que por anos eu havia tentado começar a ler. As pernas da menina eram magras e pálidas, e fiquei surpreso ao ver que já a deixavam usar saia naquela altura do ano. Ela tinha desenhado uma pista de amarelinha na rua e pulava muito concentrada, primeiro com uma perna, depois com as duas, e então voltava a trocar. O cabelo estava preso em duas tranças, ela devia ter uns sete anos e morava com a mãe e a irmã mais velha um pouco mais adiante, no número quatro.

Naquele instante eu talvez parecesse um gênio filosófico que passava o dia inteiro sentado junto à janela contemplando assuntos bem maiores do que o jogo de amarelinha e o deslocamento do sol pelo assoalho. Mas não era nada disso. A questão era que eu estava lá sentado porque não tinha nada melhor a fazer, e por um motivo ou outro também parecia haver um elemento vital no grito triunfante que por vezes chegava até mim quando a menina conseguia vencer uma combinação de saltos particularmente difícil.

A certa altura eu me levantei para fazer uma xícara de chá, e quando voltei ao meu posto a menina tinha ido embora. Devia ter encontrado uma brincadeira mais divertida em outro lugar, pensei; tanto o giz como a pedra tinham sido deixados no meio da rua.

E foi então que aconteceu. Eu tinha acabado de pôr a caneca para esfriar no parapeito e estendido um cobertor sobre as pernas quando percebi um vulto caindo nos limites do meu campo de visão. Assim que ouvi um grito estridente, coloquei meu corpo tenso de pé e cheguei bem perto da janela. Ela estava caída na rua à direita, onde começa o caminho que leva ao lago, debaixo de uma árvore. Em um dos galhos próximo ao topo percebi que um gato balançava a cauda. Lá embaixo, a menina tinha conseguido sentar-se com as costas apoiadas no tronco enquanto segurava um dos tornozelos, aos prantos.

Afastei a cabeça da janela. Será que eu deveria ir até lá? Eu não falava com outra criança desde a minha infância, e isso quase não contava. Será que o aparecimento de um estranho que surge do nada disposto a consolá-la não tornaria a situação toda ainda mais constrangedora? Tornei a olhar discretamente; a menina continuava sentada na grama, com o rosto úmido de lágrimas focado em um ponto além da minha casa.

Era melhor que ninguém me visse. Ele não é médico?, as pessoas haviam de se perguntar; por que está olhando sem fazer nada? Então peguei a xícara de chá e fui até a cozinha, onde me sentei junto à mesa. Porém, ainda que eu insistisse em dizer para mim mesmo que a menina trataria de se levantar e mancar de volta para casa em pouco tempo, e que tudo estava bem, permaneci sentado como um fugitivo em minha própria cozinha enquanto as horas passavam. O chá tornou-se frio e turvo e a escuridão caiu antes que eu por fim me esgueirasse novamente até a sala e, meio escondido atrás da cortina, olhasse mais uma vez para a rua. Claro que ela tinha ido embora.

Vestígios

Madame Surrugue me recebia todas as manhãs da mesma forma, desde que eu a tinha contratado. Dia após dia ela sentava-se junto à grande escrivaninha de mogno como uma rainha no trono, e, quando eu entrava pela porta, levantava-se para apanhar a minha bengala e a minha casaca enquanto eu colocava o chapéu na estante acima do cabide. Ao mesmo tempo, me passava informações sobre a agenda do dia, e por fim me entregava um maço de prontuários que no mais permaneciam meticulosamente organizados em um uma grande prateleira atrás da escrivaninha. Trocávamos palavras breves e, via de regra, eu não tornava a vê-la antes das 12h45, quando saía do consultório para almoçar em um restaurante mediano dos arredores.

Na hora em que eu voltava, ela estava sempre da mesma forma como a havia deixado, e por vezes eu me perguntava se ela de fato comia. Não havia cheiro de comida, e eu nunca tinha encontrado um único farelo debaixo da escrivaninha. Será que Madame Surrugue precisava mesmo de alimento para viver?

Naquela manhã ela me disse que uma alemã tinha ligado e queria passar no consultório mais tarde para marcar um horário.

"Eu falei com o dr. Durand a respeito dela. Parece que passou um tempo internada em Saint Stéphane anos atrás porque sofria de mania profunda e havia tentado o suicídio algumas vezes."

"Não", eu disse, decidido; "temos que recusá-la. O tratamento levaria anos."

"O dr. Durand disse que preferia interná-la mais uma vez, mas parece que ela insiste em consultar-se com o senhor. Eu poderia facilmente encontrar um horário para ela na agenda."

Madame Surrugue me encarou com um olhar interrogativo, mas eu balancei a cabeça.

"Não, não há como. Faça o favor de pedir a ela que busque ajuda em outro lugar."

Quando me afastasse do consultório eu haveria trabalhado por quase meio século, e isso era mais do que suficiente. A última coisa que eu precisava era uma nova paciente.

Madame Surrugue me encarou por mais um instante, porém logo continuou a enumerar as atividades do dia sem retomar o assunto.

"Ótimo, muito obrigado", eu disse enquanto recebia o maço de prontuários, e então entrei no consultório. O consultório ficava no lado oposto à sala de espera, onde Madame Surrugue reinava e os pacientes sentavam-se para esperar a vez. Dessa forma nem as batidas da minha secretária na máquina de escrever nem as eventuais conversas entre ela e os pacientes me incomodavam durante o atendimento.

A primeira paciente, uma mulher lacônica que atendia pelo nome de Madame Gainsbourg, tinha acabado de chegar e folheava uma das revistas que Madame Surrugue por vezes levava. Suspirei de leve e pensei que depois daquela consulta faltariam apenas outras 753.

O dia passou sem maiores acontecimentos até a hora em que voltei ao consultório depois do almoço. Ao chegar eu quase me bati com uma mulher pálida como a morte, de cabelos pretos, que estava logo além do patamar da porta, e pedi desculpas pela falta de jeito. A mulher chamava atenção pela magreza, e os olhos pareciam enormes naquele rosto anguloso.

"Não foi nada. Eu é que estou no caminho", ela disse, indo mais para o fundo da sala de espera. "Eu vim para lhe pedir uma consulta."

A mulher falava com um sotaque inconfundível, e

compreendi que era alemã. Ela trazia uma pasta com o logotipo de Saint Stéphane junto ao peito.

"Lamento dizer que não será possível", eu respondi, porém a mulher deu um passo apressado em minha direção e disse em tom peremptório:

"É muito importante que eu possa marcar uma consulta. Peço desculpas pelo incômodo, mas não tenho outro lugar para onde ir. O senhor precisa me ajudar."

Involuntariamente eu dei um passo atrás. Os olhos castanhos da mulher reluziam como se tivesse febre, e o olhar era tão intenso que dava a impressão de me prender. Estava claro que seria necessário travar uma batalha para me livrar dela, e eu não tinha nem tempo nem forças para isso naquela hora. Fiz um gesto em direção a Madame Surrugue e tentei abrir um sorriso amistoso.

"Se a senhora fizer a gentileza de me acompanhar", eu disse, "minha secretária pode explicar a situação mais detalhadamente."

O aparecimento daquela mulher era culpa de Madame Surrugue, portanto naquele momento ela teria de despachá-la mais uma vez por conta própria.

Passei pela mulher, que felizmente me acompanhou à mesa da recepção, onde a deixei estacionada na frente de Madame Surrugue, com um olhar eloquente.

Minha secretária ergueu a sobrancelha esquerda uns milímetros.

"Pode fazer a gentileza de atender essa senhora?", eu pedi, fazendo um gesto de despedida e apressando-me rumo à segurança do consultório.

Porém, a imagem da mulher pálida ficou comigo, e durante o restante do dia foi como se um vestígio do perfume que usava pairasse no ar e rodopiasse como pó cada vez que eu abria a porta.

Barulho

O tempo corria por mim como a água passa por um filtro enferrujado que ninguém se importa em trocar. Em uma tarde cinzenta e chuvosa eu tinha conversado sem nenhuma sombra de interesse com sete pacientes e ainda tinha de atender mais uma antes de ir para casa.

Antes de acompanhar Madame Almeida até o consultório, lancei um olhar em direção à minha secretária. Ela estava completamente imóvel junto à escrivaninha organizada, olhando para a superfície da mesa. A luminária articulada projetava a sombra pétrea na parede logo atrás, e ela parecia tão desorientada que por um instante cogitei dizer-lhe qualquer coisa. Mas o que poderia ser? Em vez disso, fechei a porta e me virei em direção à minha paciente.

Madame Almeida, que era quase uma cabeça mais alta do que eu e, portanto, sempre me impressionava, livrou-se do guarda-chuva e da capa com movimentos caóticos enérgicos e acomodou-se no divã. Alisou a saia cor de vômito e lançou-me um olhar crítico através dos pequenos óculos que trazia equilibrados na ponta do nariz torto.

"Eu tive uma semana terrível, doutor", ela declarou, endireitando as costas. "Estou muito irritada. São os meus nervos, eu posso assegurá-lo, e foi isso o que eu também disse a Bernard – Bernard, eu disse, você está me deixando nervosa, você passa o dia inteiro sentado nessa poltrona!"

Madame Almeida estava sempre nervosa, e nunca havia períodos bons em sua existência. Ela não parecia tirar qualquer tipo de benefício da terapia, mas assim mesmo marchava sem falta duas vezes por semana até o consultório para me xingar. A própria ideia de uma existência melhor parecia exasperá-la, e para dizer a verdade às vezes era difícil entender por que afinal de contas ela ia me ver. Normalmente eu a deixava falar sozinha, mas de vez em quando eu fazia um comentário ou me arriscava a fazer uma interpretação que ela ignorava por completo.

"...e então ela disse que eu lhe devia três francos da semana passada, o senhor pode imaginar um atrevimento desses? Foi uma pontada no meu peito, eu quase desmaiei no meio da loja, mas em seguida eu disse..."

Anos de prática me ajudavam a fazer um som

qualquer nos momentos certos sem prestar atenção e, se eu desse sorte, não teria registrado sequer uma palavra quando ela fosse embora.

Olhei para baixo e vi que eu tinha furado o papel com a ponta da caneta, tamanha era minha frustração. Comecei a fazer um dos meus desenhos de pássaros.

"...porque mesmo que eu tenha nervos sensíveis, o senhor pode ter certeza de que eu não gosto desse tipo de sem-vergonhice!", Madame Almeida exclamou quase aos gritos. Do lado de fora caía uma chuva tão forte que era impossível ver mais do que silhuetas borradas através da janela, e infelizmente o tamborilar das gotas contra o vidro encorajava minha paciente a falar ainda mais alto do que o normal. E eu tenho que gostar dessas trivialidades, pensei resignado enquanto focava minha atenção em uma parte da cabeça dela onde os cabelos pareciam estranhamente ralos. Fiquei contente de saber que talvez estivesse ficando calva, e que nesse caso eu teria sabido muito antes dela, e de imediato acrescentei esse detalhe ao meu desenho. Tentei imaginar que um dia, estando de costas, ela veria o próprio reflexo, capturado entre um espelho e uma vidraça; que os dedos gordos acudiriam em uma pressa febril àquela região, pondo os cabelos desgrenhados de lado e revelando o couro cabeludo enquanto ela gritava: "Bernard! Por que você não me disse nada, Bernard?". E assim, de uma forma ou de outra, passava-se uma hora em uma vida. Madame Almeida me agradeceu pela conversa enquanto eu segurava a porta aberta ao mesmo tempo em que virava o bloco para que ela não visse meu avestruz careca.

Faltavam 688 consultas. Naquela hora pareceram 688 a mais do que o necessário.

Registro escrito

Em uma manhã, dias mais tarde, eu tive de interromper Madame Surrugue enquanto ela recapitulava minha agenda: "Espere. O que foi que a senhora disse? A alemã conseguiu marcar uma consulta?".

Ela baixou a cabeça em um gesto simples e decidido de confirmação.

"Sinto-me na obrigação de dizer que ela foi muito insistente. Estava decidida a fazer terapia, e sem dúvida ouviu muitos elogios a seu respeito."

Fiz pouco caso; desde quando isso havia se tornado um motivo para desobedecer às minhas instruções?

"Eu expliquei que o senhor deve estar aqui só por mais uns seis meses. Ela não fez nenhuma objeção nesse sentido, e assim me pareceu que seria errado recusar."

Ela tinha razão. Se a alemã realmente quisesse se divertir fazendo terapia por seis meses, não havia nenhum problema ético em aceitá-la como paciente, e além do mais eu devia me sentir grato pelo dinheiro extra. Mesmo assim, não consegui deixar minha irritação de lado. Como Madame Surrugue tivera a coragem de contrariar meu desejo expresso de não enfiar mais uma pessoa na vida que eu tentava esvaziar?

Mas a mulher, que aparentemente chamava-se Agathe Zimmermann, tinha um horário no dia seguinte às três da tarde, e eu não via como fazer qualquer coisa a esse respeito.

Quando o último paciente do dia foi embora do consultório eu procurei Madame Surrugue, que estava organizando suas coisas. Ela olhou para mim como se estivesse à procura de algo e me perguntou se tinha sido um dia pesado. Dei de ombros e respondi que tinha sido como muitos outros dias antes daquele. Na verdade, eu ainda estava bravo com ela, mas assim mesmo esperei que tivesse juntado suas coisas e vestido o casaco para abrir-lhe a porta.

"Obrigada", ela disse, saindo rumo à chuva miúda e quase imperceptível.

Fiz-lhe um aceno de cabeça e fechei a porta.

"Eu que agradeço. Boa tarde."

"Boa tarde, monsieur. Até amanhã."

No caminho de volta para casa minhas pernas

tentavam me puxar em direções opostas. Uma, segundo imaginei, queria me levar para casa, onde eu poderia comer um pão, sentar-me na minha poltrona confortável e apoiar as pernas no banquinho enquanto ouvia Bach e esperava a chegada da noite. A outra estava irrequieta e me fez lembrar das minhas dores de crescimento na infância. Certa vez, meu joelho doía tanto que eu comecei a chorar, porém meu pai mal tirou os olhos da pintura em que trabalhava para dizer: "Você só está crescendo. Vai passar."

Talvez minha perna tivesse desejo de explorar lugares novos. Nunca tinha ido mais longe do que Paris, nunca tinha cruzado uma fronteira internacional. E naquela altura eu estava tão velho que nada disso aconteceria, e a dor era permanente.

Independentemente de qualquer outra coisa, era eu quem devia escolher a direção, e assim atravessei a noite fria com passos claudicantes até chegar ao portão da Rue des Rosettes, número 9. O caminho tinha o cheiro insistente de terra recém-cavada; muitos dos meus vizinhos tinham posto canteiros de flores no jardim e passavam horas plantando sementes e limpando ervas daninhas. Quanto a mim, eu insistia em cultivar ilhas de musgo, que cresciam como ondulações em meio a um mar de grama.

Quando terminei de jantar e os movimentos alegres dos violinos preencheram o cômodo ao meu redor como algodão, fui tomado por uma sequência de pensamentos cada vez mais insistente. E mesmo que eu a reconhecesse e soubesse como aquilo me deixaria triste, deixei que viesse. Por um motivo ou outro eu de fato queria estar completamente sozinho e ter pena de mim mesmo. Por que – era assim que sempre começava – não havia ninguém que falasse sobre o que acontecia com o corpo quando envelhecemos? Que falasse sobre articulações sensíveis, pele flácida e invisibilidade? Envelhecer, pensei, sentindo a amargura correr dentro de mim, consiste acima de tudo em observar a maneira como a diferença entre a nossa personalidade e o nosso corpo torna-se cada vez maior, até o dia em que nos tornamos estranhos completos a nós mesmos. O que havia de natural ou de agradável nesse processo?

E, assim que o disco acabou e o silêncio me deixou mais uma vez sozinho na sala, veio o golpe de misericórdia: não havia escapatória. Eu continuaria morando naquela prisão cinzenta e traiçoeira até que aquilo me matasse.

Saint Stéphane,
Montpellier, 21 de junho de 1935

Nome da paciente: Agathe Zimmermann

A paciente encontra-se praticamente incomunicável desde a internação na manhã de hoje, de maneira que parte das informações prestadas abaixo provém de prontuários antigos.

Histórico:
Paciente de 25 anos, casada, alemã, imigrada para a França em 1929 para estudar.
Diagnóstico de comportamento autodestrutivo e tentativa de suicídio aos 15 anos. Acompanhada pelo dr. Weinrich, médico local, durante a juventude.
A paciente vem de uma família abastada composta pela mãe, pelo pai e por uma irmã dois anos mais nova. Não há histórico de distúrbios psiquiátricos na família, a não ser por uma tia do lado paterno que passou a maior parte da vida adulta internada em um manicômio em Viena. Pai cego, mas trabalhador autônomo; mãe dona de casa.

Situação:
A paciente foi internada no dia de hoje depois de procurar o médico e relatar profunda tristeza e pensamentos suicidas. Apesar disso, opôs-se à internação. Parece histérica e dramática, e foi necessário o emprego de meios de contenção. A paciente encontra-se pálida e subnutrida e tem arranhões no rosto, e além disso faltam-lhe tufos de cabelo.
Parece ter dificuldade para estabelecer contato, mas grita e chora quando é deixada sozinha.
Alergias: Nenhuma alergia conhecida.

Plano de tratamento:
Deve-se considerar a hipótese de psicose (dementia præcox) e observar a paciente durante os dias a seguir. Éter administrado conforme a necessidade, e 20 mg de hidrato de cloral à noite.

M. Durand
Médico do setor

Agathe I

"Finalmente voltamos a nos encontrar. Por favor, entre, Madame Zimmermann", eu disse enquanto apertava-lhe a mão fria. Ela usava uma saia marrom e uma blusa preta e desinforme de gola rolê, que parecia ser no mínimo dois tamanhos maior do que o adequado para aquele corpo magro. O olhar intenso do encontro recente tinha desaparecido, e naquele instante era difícil compreender de que forma poderia ter vencido o dr. Durand e Madame Surrugue.

Será que eu não conseguiria me livrar dela?

"A senhora pode se acomodar no divã. Fique à vontade." Fiz um gesto em direção ao móvel verde e me sentei na funda poltrona, cujo assento de couro marrom estava tão desgastado pelo uso que em certas partes quase dava a impressão de ser preto.

"Obrigada, mas em primeiro lugar o senhor deve prometer que não vai me chamar de Madame Zimmermann. Me chame de Agathe, por favor."

Não era costumeiro chamar as pacientes casadas pelo primeiro nome, mas não faria mal nenhum atender a esse pedido. "Como a senhora quiser."

Ela abriu um sorriso fugaz e deixou o olhar correr pelo consultório, que além do divã e da poltrona abrigava também uma escrivaninha com a respectiva cadeira e duas altas prateleiras repletas de livros que outrora eu tinha acumulado e lido com grande interesse. Ela se ajeitou, se virou e por fim deitou-se de costas.

"Muito bem. Na verdade, eu gostaria de começar sugerindo à senhora que busque ajuda em outro lugar", eu disse. "Como sabe, vou me aposentar daqui a menos de seis meses, e sinceramente as chances de curar a senhora nesse intervalo são muito pequenas. Seria melhor encontrar outra pessoa que possa acompanhá-la durante todo o processo, talvez um médico em Paris."

Agathe sentou-se repentinamente no divã e exclamou: "Não mesmo! Não quero nem ser internada nem tomar remédios; quero ter uma pessoa com quem eu possa conversar, e decidi que essa pessoa vai ser o senhor." Ela projetou o queixo para a frente e me encarou com um olhar que dizia que eu teria de arrastá-la pelos cabelos se quisesse tirá-la de lá. Suspirei e fiz um aceno de cabeça.

"Se é o que a senhora quer..."

"Com certeza é!"

"Ótimo. Se for necessário, posso indicá-la a um dos meus colegas quando o nosso tempo juntos acabar." Ela deu de ombros, como se isso fosse completamente indiferente, e tornou a se deitar. Nesse ponto ela limpou a boca com um movimento rápido por baixo do nariz. E então ficou em silêncio.

"Eu gostaria de sugerir", prossegui, "que no início marcássemos duas sessões de uma hora por semana, terça às 15 horas e sexta às 16 horas. Meus honorários são trinta francos por hora. Se a senhora não puder vir, sinta-se à vontade para cancelar a sessão, mas eu vou cobrar por todas as sessões nesses horários até o dia em que a senhora decidir interromper o tratamento definitivamente."

Ela fez um gesto afirmativo com a cabeça. Mais uma vez registrei o cheiro do perfume que usava como um toque de especiarias que de vez em quando chegava ao meu nariz. Aquilo me lembrava alguma coisa – mas o que poderia ser?

"Muito bem. Esteja à vontade para falar sobre tudo que diz respeito à senhora. O silêncio e as mentiras servem apenas para atrasar o processo como um todo, e saiba que nada do que possamos discutir sai desta sala."

Como sempre, terminei meu pequeno monólogo com

uma frase que tinha por objetivo convidar o paciente a falar: "E agora eu gostaria de ouvir um pouco mais sobre o que a aflige."

Agathe hesitou e apertou de leve os olhos.

"Vim até aqui", ela disse por fim com o sotaque inconfundível, que talvez justamente por isso fazia com que a pronúncia cuidada articulasse cada sílaba de maneira clara, "porque eu perdi a vontade de viver. Não tenho nenhuma ilusão quanto a ser feliz, mas eu gostaria muito de ser pelo menos funcional."

Claramente eu estava diante de uma raridade: uma pessoa que não estava à procura de um milagre. A grande maioria dos meus pacientes queria ajuda para viver uma vida feliz e livre de problemas, mas essa era uma mercadoria que eu não oferecia.

"E o que a impede de ser uma pessoa funcional?", perguntei.

Agathe começou a falar sobre os sintomas que tinha. Sofria com dores de cabeça e eczema, chorava com frequência e era propensa a ter ataques de fúria súbitos e violentos. Dormia ou demais ou quase nada, e não suportava mais o trabalho de contabilista que fazia para um auditor da cidade. Após uma falta por motivo de doença semanas atrás, ela tinha passado quase todos os dias chorando, gritando com Julian, o marido, ou deitada na cama em posição fetal. Ouvi distraidamente as queixas enquanto eu tentava identificar que perfume era aquele.

"Certas vezes", ela disse como que em um devaneio, "tenho fantasias em que me arranho até tirar sangue, ou me desfiguro de forma que ninguém mais seria capaz de me reconhecer."

O contraste entre a violência das palavras e a completa ausência de gestos era notável.

"É mesmo?"

"Eu sinto vontade de apagar o meu rosto; não o mereço."

"A senhora gostaria de ter outro?", perguntei; mas ela balançou a cabeça.

"Não. Eu queria apenas sumir."

Fiz uma breve anotação no meu caderno e suspirei mais uma vez. Era como eu havia previsto; ela tinha uma doença grave e seria impossível ajudá-la nos poucos meses que me restavam. Amaldiçoei o capricho de minha secretária; por culpa dela eu agora estava preso a uma mulher obstinada, com distúrbios mentais, que aparentemente tinha enfiado na cabeça a ideia de que eu poderia livrá-la de si mesma.

"Entendo", eu disse, apesar de tudo, "e prometo fazer o meu melhor para ajudá-la. Mas hoje podemos ficar por aqui. Nos vemos na sexta-feira às 16 horas."

"Obrigada, doutor", disse Agathe com um jeito sério ao me estender a mão. "É muito importante para mim."

Saint Stéphane,
Montpellier, 20 de agosto de 1935

Nome do paciente: Agathe Zimmermann

No dia de hoje, às 8h12, a paciente foi impedida de cometer suicídio com uma navalha de barbeiro.
Não está claro como teve acesso a esse instrumento. Chegou a cortar o pulso direito antes que a enfermeira, Mme. Linée, a encontrasse, e foram feitos oito pontos de sutura com fio de seda, a serem retirados daqui a 10-14 dias.
Encontra-se atualmente imobilizada e assim há de permanecer até se acalmar novamente.
A paciente foi inicialmente tratada com éter e mais tarde com ECT desde a internação em 21 de junho. Tem chorado menos, porém demonstra apatia durante a maior parte do tempo e mostra-se vaga nos contatos, à exceção dos surtos histéricos. Não apresenta nenhum sintoma psicótico evidente; as observações feitas sugerem antes uma doença maníaco-depressiva.

Plano de tratamento:
Continuar o tratamento à base de ECT juntamente

com éter à noite e durante os surtos. As saídas e as visitas encontram-se proibidas, e a imobilização deve ser mantida, salvo durante a alimentação supervisionada. Se a paciente mantiver o atual regime anoréxico, a alimentação forçada será permitida.

M. Durand
Médico do setor

A dança do vizinho

Meu vizinho tocava piano. Não com muita frequência, mas era sempre a mesma peça desengonçada, como se na verdade não soubesse tocar, mas tivesse aprendido somente aquela melodia de cor. Eu não sabia qual era o nome da peça, mas com o passar do tempo havia começado a apreciá-la, e muitas vezes me flagrei a cantá-la enquanto eu tirava a mesa depois do almoço ou fervia água para o chá.

Ao fim de um dia particularmente longo e indiferente no consultório eu adormeci cedo na minha poltrona, alegremente embalado pelo som das teclas no outro lado daquela parede, que divide, mas também aproxima. Porque nós dois nos conhecíamos, eu e ele. Tínhamos vivido lado a lado por tantos anos que todos os pequenos ruídos eram rotinas que podíamos acompanhar mesmo de forma inconsciente – agora era a hora da última visita obrigatória ao toalete antes de a noite cair, agora ele acordou e está se aprontando para ir à igreja. Primeiro estava de bom humor, depois triste e vazio; tudo isso eu imaginava ouvir na forma como ele movimentava os dedos pelo teclado e nas pausas entre os diferentes sinais de vida. Certa vez passou-se um fim de semana inteiro sem que eu ouvisse um único som lá de dentro, e aos poucos comecei a ficar preocupado. O que mais me assustava, claro, era que a qualquer momento eu seria obrigado a bater na porta ao lado, e foi um alívio enorme quando enfim ouvi a porta se abrir e compreendi que ele ainda estava vivo.

Eu me julgava incapaz de reconhecê-lo, caso o encontrasse na rua. Passava a maior parte do tempo ocupado com os meus pensamentos, e mesmo que tentasse prestar atenção eu não saberia o que procurar. Será que ele era alto ou baixo? Será que ainda tinha cabelos? Eu não fazia a menor ideia. Mas o ritmo dele, aquela jornada pela vida, eu conhecia e reconhecia. Eu sentia uma grande proximidade em relação a ele, e mesmo que não houvesse como saber, eu tinha certeza de que ele sentia da mesma forma. Quando eu quebrava deliberadamente uma caneca nos azulejos da cozinha, ou quando de vez em quando me punha a cantar, eu pensava nele. Talvez estivesse do outro lado, ouvindo com a cabeça enviesada. Talvez um dia houvesse de bater à minha porta e me contar a respeito de sua vida.

Ah, eu realmente pensava nessas coisas. E com certeza deve soar estranho, porque sei muito bem que dou a impressão de ser um homem solitário, mas nunca pensei que ele pudesse ser outra coisa que não um amigo invisível. Por que haveríamos de ter qualquer coisa em comum no mundo real? Desempenhávamos os papéis que nos tinham sido atribuídos: o de duas pessoas que por acaso encontravam-se no mesmo lugar em uma cidade com vinte mil outras, quase todas desconhecidas entre si.

Eu nunca tinha sido o tipo de pessoa a interromper um movimento já começado, e mesmo que o portão da casa dele estivesse a apenas doze metros do meu, esse era um caminho que eu jamais haveria de tomar.

Agathe II

"É como se eu andasse por aí com um daqueles baús, o senhor sabe? Como os que as meninas usam para guardar brinquedos?"

Fiz um som para indicar que eu sabia ao que ela se referia.

"O baú está trancado, e eu o seguro junto a mim e cuido para que não se abra. As pessoas ao meu redor veem-no e imaginam que esteja cheio das coisas mais variadas – conhecimento, características positivas, habilidades e coisas do tipo, e, enquanto o baú estiver fechado, ninguém descobre a verdade. Mas de repente eu tropeço e deixo o baú escapar, e ele se abre, e nesse momento tudo fica constrangedoramente claro para todos! O baú está vazio; não tem absolutamente nada lá dentro!"

Agathe estava de costas, com as mãos unidas na altura da barriga, e tinha os olhos arregalados enquanto falava. Da minha posição enviesada, logo atrás dela, eu podia estudar cada um dos movimentos enquanto permanecia confortavelmente escondido. Os cílios pretos tremiam um pouco, o peito fazia movimentos rítmicos para cima e para baixo, mas além disso não havia nenhum outro movimento. A voz soava clara e tranquila.

"Aham", eu respondi mais uma vez. Esse som tímido, que não exigia nada em troca, era na maioria das vezes suficiente para fazer com que os pacientes falassem.

"É terrível!" A voz dela ganhou intensidade. "Eu me sinto como uma traidora, que a qualquer momento pode ser revelada; a questão é apenas quando e por quem. Então fico em casa, deitada na cama, e de repente uma semana inteira já se passou."

Avaliei as minhas possibilidades. Deixá-la falar mais, fazer um uma pergunta ou intervir. Como não encontrei nada de sensato para dizer, perguntei: "Não existe ninguém que saiba o que a senhora traz nesse baú? O seu marido, por exemplo?".

"Eu e Julian temos um relacionamento difícil."

"Muito bem." Tentei seguir por outro caminho: "O que aconteceria se a senhora abrisse o baú ou simplesmente o deixasse em casa e saísse da forma como a senhora é?".

Ela riu, mas foi uma risada forçada e sem graça, que não trazia nenhum traço de alegria.

"Seria o mesmo que sumir, doutor. Esse baú é tudo que eu tenho!"

Toda essa história a respeito de baús era cansativa; meus joelhos doíam e eu sentia minhas têmporas latejarem. Cuidadosamente, de forma a não perturbar Agathe, eu estendi e flexionei as pernas repetidas vezes. Ajudou um pouco. Mais dezessete minutos e eu poderia fechar a porta e me alegrar com a contagem regressiva daquele dia, que, com uma determinação reconfortante, aproximava-se cada vez mais de zero.

"Agathe, conte-me mais um pouco sobre as coisas que as pessoas imaginam que a senhora esconde no baú", eu pedi distraidamente enquanto acrescentava os contornos de uma asa quebrada ao pardal estropiado no meu bloco de anotações.

Nenúfares

Um dos piores aspectos do meu trabalho era falar com pacientes que haviam perdido uma pessoa querida. Eu sempre preferia casos extremos de angústia ou as consequências de uma infância dura; nos casos de morte era impossível oferecer qualquer coisa, e eu nunca sabia o que fazer com os pacientes em processo de luto.

Mas, após meio século de experiência, não há como evitar essas coisas, e certo dia monsieur Ansell-Henry chegou atrasado para a consulta pela primeira vez. Ansell-Henry tinha pensamentos obsessivos, mas normalmente não havia nada a criticar a respeito dele – chegava e saía no horário, respondia àquilo que lhe era perguntado e usava um paletó sob medida impecável, que parecia uma extensão lógica de seu corpo rígido. Mas não hoje.

"Doutor, me desculpe", ele balbuciou quando, quase vinte minutos após o horário marcado, entrou no consultório e acomodou-se no divã.

"Ora, entre, monsieur; eu já estava achando que o senhor não viria mais hoje", eu disse, e então me perguntei se Ansell-Henry estaria doente. Ele dava a impressão de ter acordado poucos minutos antes e seguido para o consultório com as mesmas roupas que havia usado para dormir, e estava claro que não tinha penteado o cabelo nem feito a barba.

No mesmo instante ele começou a chorar.

"O que houve?", perguntei, mas ele simplesmente balançou a cabeça e enterrou o rosto nas mãos. O corpo inteiro tremia descontroladamente. Primeiro olhei para ele, depois para a porta fechada, tomado pela ideia de chamar Madame Surrugue. Ela saberia o que fazer; aquela era claramente uma situação que precisava mais de atenção feminina que de análise clínica.

Para não ficar apenas olhando, me levantei e retirei um lenço da caixa de madeira que ficava na estante.

Então limpei a garganta e disse: "Vejo que o senhor está passando por um momento difícil, mas por favor me conte o que houve se achar que eu possao oferecer ajuda."

A princípio, não achei que fosse obter uma resposta, mas logo ele ergueu a cabeça.

"Marine morreu", ele disse de maneira entrecortada entre os soluços. "Ela morreu ontem."

Marine era a esposa de Ansell-Henry e a única pessoa no mundo por quem tinha afeição. Com todos os outros ele agia de maneira correta e contida, mas de uma forma ou de outra ela tinha conseguido penetrar essa couraça.

Meu paciente endireitou as costas, pegou o lenço e enxugou os olhos para então assoar o nariz com força. Em seguida piscou os olhos, ainda meio confuso, e pela primeira vez olhou de verdade para mim. Eu retribuí aquele olhar, mas não sabia o que dizer. O que ele podia querer de mim? Minhas mãos pareciam animais irrequietos em cima do meu colo, e tive de pegar a esquerda com a direita e contê-la.

"Lamento pelo senhor", eu disse.

Ele fez um gesto afirmativo com a cabeça, mas não parou de me encarar. Será que percebia o quanto eu lutava? Estaria mesmo tão claro que eu não tinha a menor ideia quanto ao que fazer para ajudá-lo?

"Sabe-se que pessoas em momentos de grande tristeza, como esse que o senhor agora está vivendo, podem regredir a fases anteriores", comecei a dizer, notando que eu falava cada vez mais depressa. "Pode ser que o senhor sinta mais raiva do que costuma sentir, ou então que perca o interesse pelas atividades cotidianas por um tempo.

Isso tudo é normal, e o senhor não deve se preocupar. Vai passar." Abri o que eu esperava que fosse um sorriso reconfortante. "Tudo isso vai passar."

Ansell-Henry franziu as sobrancelhas. Eu já não aguentava manter o contato visual, então desviei o olhar para o meu bloco de anotações a fim de escrever umas palavras ao acaso.

"Minha esposa vai ser enterrada daqui a três dias. A única pessoa que eu amei na vida está morta", disse a voz chorosa e quebrada, "e o senhor me diz que isso vai passar?"

De repente senti minha boca tão seca que foi difícil soltar a língua.

"Não foi isso que eu quis dizer", eu me forcei a dizer. "Eu realmente lamento muito pela sua perda, monsieur." Não falei mais nada. Simplesmente fiz um gesto de impotência com os braços. "Posso sugerir adiar nossas conversas até que o senhor esteja novamente composto?"

O lenço amassado que ele havia deixado em cima da mesa ao sair abriu-se vagarosamente. Acompanhei o movimento com os olhos enquanto os minutos passavam, e por um motivo ou outro eu não conseguia sair daquele instante. Mesmo com o lenço já totalmente imóvel como um nenúfar solitário na superfície de mogno, permaneci sentado.

Agathe III

Respirei fundo algumas vezes, balancei a cabeça de um lado para o outro e fiz movimentos circulares com os ombros para fazer o sangue correr. Com frequência eu tinha cãibras no lado esquerdo do corpo, que ficava voltado para a janela.

Então abri a porta.

"Boa tarde, Agathe. Por favor entre."

Ela parecia um pouco ofegante; tinha chegado em cima da hora e não havia sequer conseguido sentar-se na sala de espera quando a chamei.

"Obrigada, doutor."

Depois de pendurar o casaco e desfazer-se de um grande cachecol de tricô ela se acomodou no divã. Estava usando uma saia lilás e sapatilhas pretas, e os cabelos escuros caíam soltos por cima dos ombros. A franja curta dava-lhe um ar mais jovem do que na verdade era, e já deitada no divã, com as mãos unidas em cima da barriga, ela me fez pensar na menininha de uma fábula que certa vez eu havia lido.

Semanas atrás eu tinha pedido a ela que tomasse nota de todos os sonhos, e ela começou prontamente a me contar o último: "Um homem que eu não conhecia queria que eu olhasse através de um par de binóculos. Primeiro a imagem estava borrada, mas depois que ajustei a regulagem tudo ficou claro. Eram intestinos, pulmões, corações, todos os órgãos imagináveis. O binóculo estava dentro de mim, sabe?".

Agathe não tinha feito praticamente nenhuma menção à família durante as horas que havíamos passado juntos, porém minha impressão de que estávamos caminhando nessa direção foi confirmada logo a seguir.

"No que a senhora pensa quando eu digo "binóculo"?", perguntei.

"No meu pai."

"Por quê?"

"Meu pai era cego. Mas era tão habilidoso com as mãos que consertava relógios e fazia com que as coisas voltassem a funcionar, mesmo sem nunca ter visto que jeito tinham. Ele trabalhava em uma pequena oficina, e as pessoas levavam aparelhos que haviam parado de funcionar, explicavam-lhe que jeito tinham e o que faziam. E então meu pai ficava lá, com um monte de tigelinhas e caixas de peças, e dependendo da complexidade do mecanismo, podia levar dias ou meses para consertar. Mas no fim o aparelho voltava a funcionar à perfeição."

Ela abriu um sorriso triste. "Uma vez ele recebeu o relógio de uma mulher que vinha da Suíça. Um relógio de bolso em ouro, muito bonito. O relógio tinha parado após vinte anos, e foram necessárias cinco semanas para que voltasse a trabalhar. As partes eram tão pequenas que eu quase não conseguia segurá-las com os dedos, mas o meu pai tinha uns... pequenos... como pinças..." A voz dela morreu.

"E o binóculo no sonho? Seria uma referência à ausência de visão do seu pai?", eu perguntei.

"Não diretamente, não. Os meus pais esperaram muito tempo antes de me ter. Eles temiam que a deficiência do meu pai fosse hereditária e eu também pudesse acabar cega, mas por fim aconselharam-se com um médico que achou que não era o caso. E então a minha mãe engravidou. Os dois ficaram muito aliviados quando o médico pôde confirmar que os meus olhos funcionavam à perfeição, e meu pai me deu um binóculo com uma inscrição como presente de batismo."

"E o que dizia a inscrição?"

"*Für Agathe, der Apfel meines Auges.*"

Esses sons estranhos não me disseram nada, mas a ênfase em cada uma das sílabas, e especialmente nos do final, encaixava-se perfeitamente à sonoridade de "Agathe". O nome dela soava diferente em alemão, e pensei se não estaria cansada de ouvi-lo sempre pronunciado da maneira errada. Agathe; senti vontade de pronunciar o nome em voz alta, como ela tinha acabado de fazer, porém me contive.

"Significa mais ou menos 'a maçã dos meus olhos'", ela me explicou.

"Ou a menina dos meus olhos, talvez", eu sugeri, e então constatei: "Mas agora, comigo, a senhora vai apontar esse binóculo para si mesma."

No mesmo instante percebi qual era o perfume dela. Maçãs assadas com canela, como a minha mãe costumava fazer.

Entre nós

Hoje foi o dia da consulta de número 529, e eu acordei às 6h25 com taquicardia e formigamento na perna esquerda. No início pensei que eu devia ter dormido de mau jeito, mas não melhorou depois que dei uma volta na sala. Não há espaço suficiente, eu pensei irritado quando esbarrei com o quadril contra a mesa de jantar. E se eu caísse aqui? Quanto tempo seria preciso até que me encontrassem? Senti uma vontade enorme de tirar o meu pulso, mas eu sabia que isso apenas tornaria a situação ainda pior, então tentei me acalmar pensando que se eu morresse de infarto naquele exato momento, pelo menos tudo estaria acabado. Nesse caso seria completamente indiferente ser encontrado ou não.

Ajudou, e meia hora depois bati a porta ao sair de casa. Com a pasta numa das mãos e a bengala na outra, dobrei a esquina, atravessei a Rue Martin e continuei a descer. A rua parecia mais íngreme do que cinco anos atrás. Há coisas que as pessoas descobrem apenas ao envelhecer: as calçadas são irregulares, os paralelepípedos são desalinhados e começamos a perceber que devíamos ter dado valor às nossas pernas na época em que funcionavam.

Nesse mesmo dia eu dei uma volta um pouco maior a fim de passar na frente de um café que por anos eu tinha usado como pano de fundo para uma estranha fantasia. Tudo havia começado na vez em que por acaso vi um casal de meia-idade sentado lá dentro, junto a uma das pequenas mesas. Por um motivo ou outro eu fiquei de pé na rua, olhando, enquanto a mulher levantava a mão para acariciar o rosto do homem. Ele se inclinou em direção à mão dela, e eu senti, de maneira tão profunda como se fosse eu mesmo sentado na cadeira, a forma como o calor de uma pessoa fluía para a outra e tornava impossível saber quem era quem.

Desde então eu tinha adquirido o hábito de sempre olhar para o café e imaginar que um dia realmente podia ser eu a estar sentado lá.

Hoje havia poucas pessoas lá com seus jornais e cafés matinais, e depois de um olhar rápido e atento, tomei o caminho da clínica.

Quando cheguei, Madame Surrugue se levantou da escrivaninha para me receber. Mas não estávamos muito bem coordenados; eu lhe entreguei o paletó, ela fez menção de pegar a bengala e, quando fiz menção de entregá-la, nossas mãos se tocaram. Foi estranho, porque com o passar dos anos cada movimento tinha se reduzido ao mínimo necessário, e normalmente tudo aquilo transcorria sem que nem ao menos pensássemos no assunto. Evitei olhá-la, porque tudo fora muito desajeitado, e tive vontade de entrar na segurança do consultório o quanto antes. Peguei o maço de prontuários com um som que podia significar obrigado e me afastei.

No instante em que me deixei afundar na cadeira eu felizmente já tinha me esquecido de tudo a respeito de Madame Surrugue. Folheei minhas anotações, porém logo me entreguei a devaneios. Imagine se a vida no lado de fora dessas paredes fosse tão aborrecida como no lado de dentro; era uma possibilidade real. Quantas vezes eu não tinha ouvido as reclamações dos meus pacientes e me sentido feliz ao pensar que a vida deles não era a minha? Quantas vezes eu não havia torcido o nariz para aquelas rotinas, ou me divertido às escondidas com preocupações sem nenhum sentido? Me ocorreu que eu tinha aceitado a ideia de que a vida de verdade, a recompensa por toda essa dedicação estaria à minha espera quando eu me aposentasse. Sentado lá, no entanto, não consegui de jeito nenhum compreender que motivos a vida poderia me dar para sentir alegria. As únicas certezas absolutas não eram justamente a angústia e a solidão? Que patético. Eu sou exatamente como os meus pacientes, pensei, e então saí para receber o primeiro do dia com a bacia latejando e uma melancolia trêmula por baixo das costelas.

Agathe IV

Eu já havia tratado vários pacientes maníacos ao longo dos anos, e todos haviam se revelado pessoas instáveis, inquietas ou mesmo levemente psicóticas - certa vez falei com um homem que havia gastado toda a fortuna em três dias de mania, porque acreditava que tinha o talento divino de escolher o cavalo vencedor.

Mas Agathe era diferente. Mesmo que estivesse claramente passando por uma situação difícil, ela comparecia a todas as sessões de terapia, e eu a descreveria acima de tudo como triste. Em função disso eu havia começado a pensar que o diagnóstico feito em Saint Stephane talvez fosse equivocado, e um dia resolvi perguntar diretamente a ela.

"Agathe, a senhora trouxe o seu prontuário quando chegou, e eu gostaria de saber uma coisa."

"É mesmo? Eu gostaria de saber muitas", ela disse, com a língua afiada. "Para dar um exemplo, não entendo como ficar amarrada a uma cama levando eletrochoques no cérebro pode ajudar uma pessoa infeliz."

"Nah", eu reconheci, uma vez que nunca tinha depositado muita fé na eletroterapia ou nos choques insulínicos; "mas eu posso garantir que esse tratamento tem bons resultados em casos graves."

Agathe deu de ombros.

"Ao menos para mim não trouxe melhora nenhuma."

"O que me deixa intrigado", expliquei, "é o seu diagnóstico. Venho falando com a senhora há dois meses, e a senhora me parece ser uma pessoa depressiva. A senhora continua tendo episódios de mania?"

Agathe passou um tempo deitada, pensando.

"Não sei bem ao certo o que é necessário para que uma pessoa seja considerada maníaca. Mas eu tive acessos de fúria, de vez em quando me sinto tomada por uma energia um tanto estranha, e nessas horas quase não consigo evitar causar mal a mim mesma. Foi assim que um dia desses eu fiz isso aqui." Ela levantou a franja e revelou uma ferida pequena, mas bastante profunda em uma das têmporas.

"Armário", ela disse.

"Que estupidez", eu respondi laconicamente e pensei que, apesar de tudo, o diagnóstico cabia muito bem.

"Como é bom pagar-lhe somas altíssimas para que o senhor penetre nos recônditos mais profundos do meu inconsciente, doutor."

"*Touché*", eu respondi, e não pude conter um sorriso.

Depois que ela foi embora, pensei que talvez fosse eu que estivesse a ponto de me tornar bipolar. Mesmo que eu passasse o tempo inteiro dizendo para mim mesmo que Agathe era um empecilho para mim e que jamais devia ter começado o tratamento, não era verdade que eu havia começado a apreciar nossas conversas? E não era também verdade, caso eu fosse perfeitamente sincero comigo mesmo, que eu resistia a soltar a respiração nos dias em que ela tinha consulta, apenas para guardar comigo aquele perfume de maçã por mais uns segundos?

28 de abril de 1948

Boa dia, *monsieur,*

Por motivos pessoais vejo-me infelizmente obrigada a me afastar do trabalho por duas ou três semanas, talvez mais. Os prontuários de hoje estão separados, e os outros, como o senhor bem sabe, encontram-se arquivados por ordem de ano e sobrenome atrás da escrivaninha. Lamento muito!

A. Surrugue

A carta

Ao longo dos 35 anos em que trabalhava comigo, Madame Surrugue havia faltado ao trabalho por motivo de doença em apenas duas ocasiões. Uma foi quando a mãe dela morreu, e a outra foi quando uma pneumonia galopante a pôs de cama por semanas a fio, de maneira que li a carta um tanto apreensivo. O que podia ter acontecido?

O sol da primavera insistia em brilhar, e o ar do consultório estava quente e viciado. Escancarei uma das janelas e peguei a pilha de prontuários do dia. A sala parecia estranhamente vazia sem a minha secretária, pois mesmo que não tivéssemos desenvolvido uma relação pessoal e menos ainda de amizade com o passar dos anos, ela era uma parte tão importante do meu local de trabalho quanto o divã ou a minha poltrona.

Todas as consultas do dia transcorreram sem que nenhum paciente conseguisse me causar surpresa ou despertar meu interesse. Primeiro a neurótica Madame

Olive, que diariamente limpava todo o serviço de mesa antes de a família acordar. Depois Madame Mauresmo, tão maltratada pelo marido que já o devia ter deixado muito tempo atrás, mas em vez disso transformou a raiva que sentia em vergonha antes mesmo que se desse conta. E por fim monsieur Bertrand, cujo maior problema certamente era não ter outra pessoa com quem conversar. Nas primeiras consultas, queixava-se de dores no peito, mas ainda que ocasionalmente eu fizesse a auscultação, nossas conversas giravam principalmente em torno dos problemas que ele tinha para fazer com que os filhos o obedecessem.

Eu estava sentado na minha poltrona, como que em transe, em busca da essência na história de monsieur Bertrand, quando de repente ouvi um baque na sala de espera. Pedi licença para o meu paciente e fui às pressas ver o que tinha acontecido. Um vaso com flores amarelas que estava em cima da mesa de Madame Surrugue tinha virado, e havia papéis espalhados por todo o chão – passaram-se uns segundos até que eu compreendesse o que tinha acontecido. Obviamente eu tinha esquecido tudo a respeito da janela aberta, e naquele instante o vento havia punido o meu esquecimento. Os pacientes deviam ter aguardado com o vento a soprar, e mais uma vez senti falta da minha secretária. Fechei a janela e ajeitei tudo às pressas, e então voltei ao consultório e terminei a conversa com o meu paciente.

"Vemo-nos daqui a uma semana, doutor."

Monsieur Bertrand dizia essas palavras exatas toda vez que chegávamos ao fim de cada sessão; na verdade, talvez restassem apenas repetições quando se chega à minha idade. 448, pensei, em uma tentativa de me animar um pouco. Seriam necessárias apenas mais 448 sessões com aquelas pessoas que com o passar do tempo eu já nem ao menos tentava compreender.

Após o desfile matinal percorri o curto trajeto até o Mon Goût. O proprietário, cujo nome eu desconhecia, mas cujo rosto vermelho eu via cinco vezes por semana desde a abertura do restaurante, fez um gesto de cabeça em direção à minha mesa sem dizer nada. Logo depois apareceu trazendo um prato de presunto caramelizado acompanhado por um cozido de batatas.

O Mon Goût não era conhecido pelo alto nível do serviço, mas os pratos do dia eram via de regra excepcionais, e minha mesa estava sempre disponível. Enquanto eu colocava parmesão ralado em cima das batatas e levava a comida à boca, me distraí relembrando que pratos se escondiam por trás dos números no cardápio. Quando a refeição chegou ao fim e eu a encerrei com os tradicionais dois copos d'água, eu tinha acertado 23 de 24.

Agathe V

Finalmente ela apareceu, resfolegante e com as bochechas incrivelmente vermelhas, eu endireitei as costas na poltrona. Não havia motivo para dar a impressão de ser mais velho do que eu era.

"Boa tarde, Agathe. Entre, por favor."

"Boa tarde, doutor", ela respondeu ofegante; "e desculpe o meu atraso!"

Ela pendurou no cabide um sobretudo bege que eu ainda não tinha visto e perguntou: "Diga-me, onde está a sua secretária?".

"Minha secretária infelizmente teve de se ausentar por um tempo."

"Muito bem. Então o senhor também está sozinho."

Ela abriu um sorriso conspiratório, e eu arrisquei: "A senhora está sozinha, Agathe?".

Ela deu de ombros, ajeitou-se no divã e deitou-se com movimentos calculados, como se quisesse dispor o corpo de acordo com um modelo que somente ela podia ver.

"De um jeito ou de outro, sou. Não viver é uma atividade solitária. É como ver os outros curarem as próprias feridas enquanto as suas pernas estão quebradas."

Eu conhecia muito bem esse sentimento, mas por sorte eu estava na poltrona do terapeuta, enquanto ela estava no divã.

"Agathe, a senhora volta e meia repete que sua vida acabou, e que a senhora a destruiu para si mesma. Mas a cada momento que passa a senhora tem a chance de fazer uma coisa da qual se orgulhar."

Mal pude evitar um sentimento de repulsa em relação à minha própria falsidade. Que escolha minha poderia me trazer orgulho? Que grandes planos eu havia traçado para a minha futura aposentadoria?

Agathe balançou a cabeça.

"Já é tarde demais para que me aceitem numa boa escola, e mesmo que eu soubesse o que quero fazer, não tenho dinheiro. Se eu realmente queria levar o piano e o canto a sério, eu deveria ter feito isso antes. Agora estou velha demais, doutor."

Tive a impressão de quase poder ver a desesperança como uma densa neblina entre nós, e me inclinei para a frente na poltrona a fim de segurar-lhe o braço: "Não pode ser tarde demais, Agathe. Acredito que a vida é feita de uma série de escolhas que somos obrigados a fazer. E é somente quando negamos a responsabilidade sobre nós mesmos que as coisas tornam-se indiferentes."

Eu tinha repetido variações dessa mesma linha centenas, talvez milhares de vezes, mas como eu não tinha nenhuma experiência real e positiva que pudesse dar estofo ao que eu dizia, minhas palavras não passavam de abstrações. Mesmo assim eu torcia para que Agathe pudesse tirar proveito. Ela estava lá deitada, com a cicatriz no pulso, frágil e translúcida como vidro, e mesmo que eu me sentisse um hipócrita, minha intenção era boa. Eu realmente gostaria de ajudá-la, e de certa forma isso complicava tudo.

"Eu sei do que o senhor está falando, doutor. O senhor acha que eu não tentei me convencer de que as coisas eram assim?"

"Às vezes é bom ouvir dos outros", eu disse.

"Pode ser. Eu também acho que tento, mas a vida me escapa o tempo inteiro. É como se estivesse muito perto, a ponto de eu sentir-lhe o cheiro." Ela lançou um olhar sonhador à frente. "Mas eu simplesmente não consigo descobrir como entrar."

Quando ela foi embora, com passos quase inaudíveis e o guarda-chuva listrado na mão, comecei a especular sobre o que Agathe imaginava ser o significado de viver. Para quem olhava de fora, era justamente isso que ela fazia. O coração batia, ela tinha uma formação e havia construído uma família; se Agathe não vivia, então quem vivia?

Apaguei a luminária que ficava em cima da mesa e atravessei o consultório com um sussurro de transitoriedade nos ouvidos. Era difícil aceitar que logo eu haveria de fechá-lo pela última vez, e eu tentava imaginar o médico que havia de assumir a clínica depois de mim. Provavelmente um sujeito jovem e ágil, cheio de energia e de soluções rápidas. Será que daria continuidade ao tratamento de Agathe? Será que acabaria por curá-la? Certamente era um pensamento egoísta, mas eu preferia que ela continuasse doente.

Gastei muito tempo organizando os prontuários, porque aquilo me tranquilizava, e então me sentei na cadeira abandonada por Madame Surrugue, atrás da máquina de escrever. Na rua, a luz tinha desaparecido.

O espelho

Mesmo que eu fizesse todo o possível para ignorar o assunto, era difícil evitá-lo: minha angústia era cada vez mais profunda. Acontecia com uma frequência cada vez maior de eu acordar no meio da noite com o coração palpitando e a sensação de que a morte estava próxima, e claro que isso tinha consequências para o meu trabalho. Comecei a duvidar de mim, e as interpretações que eu havia apresentado repetidas vezes pareciam estar presas na minha garganta; eu tinha de cuspi-las com uma falta de jeito tão grande que chegava a ser um milagre ninguém ter reclamado. Mas os pacientes eram bem-educados, porque centrados em si mesmos, e quando o último da semana enfim fechou a porta ao sair eu já estava farto daquele baile de máscaras. Nem mesmo a contagem do dia foi capaz de me consolar. Se ao menos alguém desse um murro na mesa e me perguntasse que diabos estávamos fazendo!, pensei enquanto eu batia a gaveta do arquivo com tanta força que fez a chave cair no chão. Era bom que Madame Surrugue não estivesse lá para ver como eu tratava seus amados móveis.

Tomei fôlego, segurei a respiração e logo a soltei pesadamente.

Minhas mãos tremiam de leve, as vozes dos pacientes sussurravam na minha cabeça e juntavam-se nas minhas têmporas em uma grande cacofonia de reclamações. Será que todas as pessoas levavam uma existência miserável ou será que eu só tinha contato com as infelizes? Será que existia alguém numa daquelas casinhas que ia para a cama feliz e sabia por que havia de acordar no dia seguinte?

Ocorreu-me que eu tinha esquecido de almoçar.

Eu não tinha ideia do que tinha acontecido com o tempo, e pouco depois senti a consciência pesada por ter feito meu anfitrião traumatizado esperar em vão. Depois veio a náusea, e precisei obrigar minhas pernas a me carregarem até o pequeno banheiro, onde tomei goles de água fria diretamente da torneira. O suor havia surgido como uma película em minhas costas, e meu coração batia no dobro da velocidade normal.

Fechei a torneira e endireitei as costas. A conhecida onda de alívio percorreu meu corpo, e eu me segurei com força à pia a fim de não perder o equilíbrio.

Quando procurei meu rosto no espelho, descobri que estava vazio.

Não havia ninguém! E mesmo que eu soubesse muito bem que não tínhamos espelho lá dentro, no tempo que a revelação levou para me atingir, um pensamento chegou a se formar: é assim que as coisas são!

Fiquei lá parado, apoiado na cerâmica fria, até ter certeza de que eu conseguiria andar sem cair. Então puxei a descarga, abri a porta e saí do banheiro lançando um último olhar por cima do ombro em direção à parede vazia e branca.

Tchaikóvski

Depois do episódio no banheiro eu queria apenas voltar para casa, então deixei os prontuários de lado e peguei o chapéu e o paletó sem colocar nenhum dos dois. A caminhada pelas ruas cobertas de neve levava nove minutos e meio em dias bons, quando os meus joelhos não doíam muito, e levou anda ainda menos tempo naquele dia, quando eu praticamente corri. Ao longo do trajeto tentei me convencer de que eu era alguém. Com certeza parece um projeto bizarro, mas um homem pode efetivamente se perguntar quem ele é. Eu não tinha mais família nem amigos – obviamente a norma é manter contato com as pessoas, caso se pretenda contatá-las nesses grupos –, e além de um interesse pouco cultivado por música clássica eu não me envolvia com mais nada a não ser chá e um bom desempenho no meu trabalho. E mesmo em relação a isso estava claro que o nível tinha caído muito.

Em uma casa grande e bem-cuidada com um muro coberto por ipomeias, uma mulher corpulenta estava sentada na sala com uma televisão a iluminar-lhe o rosto de cera. Será que eu realmente havia de passar o resto dos meus dias olhando para uma daquelas coisas com imagens de pessoas que eu não conhecia, ajeitando os canteiros de flores no jardim e, no mais, simplesmente comendo e dormindo, enquanto meu corpo se desfazia entre os meus dedos? Para deixar tudo ainda pior, comecei a pensar em um artigo que eu havia lido recentemente. O artigo falava sobre o número surpreendentemente alto de homens que morriam logo após se aposentarem, quando enfim poderiam aproveitar todo o tempo de que poderiam dispor. Pelo menos isso resolveria o problema de saber o que fazer, pensei com um humor sombrio enquanto eu abria o portão do jardim. Assim que entrei eu fui conferir o que havia na geladeira, mas foi uma experiência deprimente. Havia uma caixa com dois ovos, um pote de geleia, um pouco de manteiga e um queijo seco. Decidi que eu não suportaria cozinhar ovos naquele dia, então fiz um chá e preparei umas fatias de pão com manteiga, que eu comi na mesa da cozinha ouvindo o pesado tique-taque do relógio. O pão estava velho, mas se eu estivesse comendo por prazer o cardápio certamente teria sido outro.

Depois sentei na minha poltrona com o cobertor no colo e deixei as horas passarem enquanto eu escutava música e recolocava a agulha no início do disco com um reflexo condicionado. Minha mão se mexia por conta própria, de maneira que o reposicionamento da agulha havia passado a fazer parte do mecanismo, uma volta no tempo que simultaneamente o empurrava para a frente.

Mais tarde eu senti vontade de fazer xixi, e enquanto eu estava lá me ocorreu que eu já sequer me masturbava. Quanto tempo fazia? Olhei para baixo e dei um abraço consolador naquele membro negligenciado antes de fechar a braguilha e sair. Então vesti o meu velho pijama azul e me deitei.

Agathe VI

Em um sábado à tarde eu voltava para casa pela Rue du Pavillon com as minhas compras semanais. Na esquina em que a rua atravessa o Boulevard des Reines, passei como de costume pelo pequeno café e, quando olhei para dentro, lá estava ela: Agathe.

Mas era uma outra Agathe, diferente da que eu conhecia. Ela usava uma blusa vermelho-escura, que fazia a pele branca cintilar, e mesmo que estivesse sentada, o corpo inteiro parecia estar em movimento. As mãos formavam grandes círculos nos ares, e os olhos brilhavam com uma expressão sombria por sob a franja enquanto ela contava uma história para as três outras mulheres sentadas à mesa. O detalhe mais bonito da cena eram aqueles lábios, quando ela inclinava a cabeça para trás em uma risada quase incontrolável.

Sem dar por mim, me escondi atrás de uma árvore no pequeno jardim que me dava uma visão diagonal do café, de onde eu podia ver uma mancha vermelha;

aquela era Agathe. Tentei imaginar que aparência teria se nós dois estivéssemos sentados frente a frente no interior do café. Mais séria do que aquela que eu tinha acabado de testemunhar, porém com os mesmos lábios tenros e macios, pensei, enquanto na minha imaginação ela afastava um fio de cabelo que havia caído sobre o rosto e estendia o corpo à frente para colocar a mão no meu antebraço.

Fiquei lá, como um voyeur licencioso, até que Agathe saísse do café e se despedisse das amigas. Meus joelhos estavam doendo após todo aquele tempo de pé, mas eu mal havia notado, e quando ela começou a atravessar a cidade a caminho de casa, eu a segui. Lá fui eu, com minhas sacolas de compras, sentindo-me ao mesmo tempo inebriado por uma volúpia cada vez maior e também pesado em função daquela vergonha tão familiar, até que a vi entrar em um sobrado branco na Rue de L'Ancienne. Uma luz se acendeu na sala. Pareceu uma estranha intimidade saber que ela dormia naquela casa, que tomava banho e se vestia naquele lugar, e que andava por aquela mesma calçada toda vez que saía para me encontrar.

Passei um tempo por lá e fiz de conta que estava procurando qualquer coisa em uma sacola. Puxei um pacote de presunto fatiado, mexi na caixa de ovos. Eu sentia o sangue pulsar no meu rosto corado, e tive de me esforçar para manter a respiração em um ritmo tranquilo. Depois me recompus e passei depressa em frente à casa, ao mesmo tempo em que eu virava a cabeça apenas o suficiente para conseguir ter um relance do interior. Não sei qual era a minha expectativa, mas Agathe estava sentada na beira de uma cadeira, olhando para o nada, a cerca de quatro metros de mim. O rosto era uma máscara sem vida, e foi somente ao apertar os olhos que vi as lágrimas que corriam como gotas de tinta sobre a fazenda vermelha da blusa.

Quando entrei em casa e fechei a porta, a euforia me acompanhava como um eco de excitação. Eu sentia como se tivesse desvendado um segredo que tinha vontade de compartilhar com outra pessoa; como se eu tivesse recebido uma dádiva incrível, mas proscrita. Meu corpo latejava, e por repetidas vezes tive uma visão dos lábios abertos de Agathe, da blusa que estreitava aquele corpo esbelto. Por um instante me entreguei a esse prazer.

E então tornei a abrir os olhos. Não havia como. Agathe era minha paciente, eu era o médico dela, e o meu trabalho era ajudá-la! Decidido, peguei meu paletó e saí apressadamente rumo ao crepúsculo.

O ar nas margens do lago foi como um necessário banho de água fria, e quando terminei o passeio minha euforia tinha passado. Fui tomado pelo cansaço e avancei mancando até em casa com a imagem de Agathe chorando nas minhas retinas.

O cego, o surdo e o mudo

A tarde avançava rumo ao fim, e 275 pacientes haviam se reduzido a 266 quando dias mais tarde eu enfim deixei a clínica. O sol pairava baixo acima dos telhados, e o único som afora as batidas ritmadas da bengala contra o chão era o canto dos pássaros. De vez em quando o sobrenome em uma caixa postal de correspondência chamava a minha atenção, mas raramente era alguém que eu conhecesse. Pensando sobre o número de habitantes da cidade com quem eu já tinha falado ao longo dos anos, parecia surpreendentemente pequena a quantidade de pessoas que eu via fora do consultório. De vez em quando eu tinha a impressão de tê-las inventado; até Madame Surrugue de certa forma havia saído da clínica e adentrado a realidade ao faltar por motivo de doença.

O último pedaço era sempre o mais difícil, e eu estava alegre quando me aproximei do número nove. A mão havia retirado a chave do paletó por conta própria quando percebi um movimento com o rabo do olho. Era o meu vizinho, e eu fui tomado por uma vontade imensa de retirá-lo das sombras. Em uma tentativa de transformá-lo em uma pessoa de carne e osso, ergui o chapéu e exclamei: "Boa tarde, vizinho!".

Ele permaneceu de lado e não reagiu ao meu cumprimento. Simplesmente abriu a caixa postal, retirou uma carta e tornou a fechá-la. Foi apenas quando estava prestes a entrar mais uma vez no jardim que ele me percebeu. Acenou a cabeça com um gesto cortês e eu tentei novamente: "Boa tarde, vizinho".

Ele sorriu e fez mais um aceno de cabeça, e então, movido por um capricho, dei um passo à frente e disse: "É engraçado que duas pessoas possam morar tão perto uma da outra como nós dois, que temos nossas vidas separadas apenas por uma parede, e mesmo assim não saber praticamente nada uma sobre a outra, o senhor não acha?".

O homem deu de ombros com uma expressão apologética, e então apontou primeiro para as orelhas e depois para a boca e em seguida balançou a cabeça. Uma coisa ruiu dentro de mim. Senti um arrepio na barriga e notei que minhas pernas fraquejaram. O homem era surdo. Ele não tinha a menor ideia de que eu existia.

Com um movimento abrupto, dei meia-volta e percorri apressado a estradinha do jardim até estar do lado de dentro da porta, que bati com força às minhas costas. Senti uma pressão nos olhos e deixei meu corpo afundar em uma cadeira na cozinha. Somente mais tarde me ocorreu que eu ainda tinha a bengala na mão e estava vestindo o paletó.

A visita

A gravidade puxava os cantos da minha boca rumo ao chão enquanto eu juntava os prontuários em uma pilha de desenhos e palavras rabiscadas de qualquer jeito e me arrastava até a sala de espera. Imaginei que a minha pele se esticava cada vez mais, até que as bochechas tocassem o tapete do assoalho com duas batidas cansadas; eu estava ao lado da mesa grande quando a vi. Como uma reprodução da mulher que outrora reinava a partir daquela mesma cadeira, estava sentada abaixo da janela. Parei em frente a ela, ainda cheio de prontuários nos braços, sem ter certeza quanto ao que fazer.

Por fim eu estendi a mão em direção ao ombro dela e limpei a garganta.

"O que a senhora está fazendo aqui?"

Minha voz saiu demasiado ríspida, demasiado alta, mas ela deu a impressão de não me haver percebido, e foi como se contasse para si mesma quando, sem olhar para mim, disse: "Ele está há 33 dias em casa, sofrendo.

Está morrendo diante dos meus olhos..."

Então eu não era o único que andava fazendo contas.

"Monsieur Surrugue está doente?", perguntei cautelosamente. Por fim ela me encarou com uma expressão que eu nunca tinha visto e exclamou: "Eu não aguento mais! E o pior é que não podemos sequer falar a respeito." A voz era trêmula: "Eu vejo que Thomas está apavorado, mas ele não diz nada. E em geral nós dois falamos sobre tudo!".

"Lamento muito", eu disse, odiando a mim mesmo pela minha impotência. "Por favor me avise se eu puder fazer qualquer coisa pela senhora."

Aparentemente essas palavras vazias eram todo o incentivo de que ela precisava.

"O senhor não gostaria de falar com ele?", ela me suplicou.

Balancei a cabeça, atônito.

"Mas, Madame, de que ajudaria?"

"Eu acho que seria bom para ele falar com alguém, mas não somos religiosos, e ele não gosta do próprio médico."

"Ora, mas..."

Ela me interrompeu: "Eu não durmo à noite, porque temo que ele não esteja mais lá quando eu acordar. Não vou aguentar se ele morrer agora. Eu coloquei o meu colchão no quarto dele, e passo a noite inteira escutando-lhe a respiração."

"Mas, Madame", eu tentei mais uma vez; e o que essas palavras queriam dizer na verdade era que eu não tinha a menor ideia quanto à melhor forma de falar com outra pessoa fora das quatro paredes do consultório. Já havia se passado tanto tempo desde a minha última conversa normal que simplesmente pensar no assunto era doloroso. Em outras palavras, eu não sabia o que fazer, e me pareceu ridículo que ela procurasse justamente a mim numa situação como aquela. Mesmo assim, o que esperava de mim estava claro.

"Eu posso falar com o seu Thomas", eu disse. "Faço uma visita à sua casa um dia desses."

"Ah, muitíssimo obrigada, doutor!" Os músculos tensos do rosto enfim relaxaram, e por um instante ela tomou minha mão entre as suas.

Quando Madame Surrugue voltou a sair, fui tomado por um profundo desconforto. Passei um bom tempo no banheiro com a cabeça escorada na parede fria enquanto eu deixava a água escorrer pelas minhas mãos.

Respirei devagar e me concentrei em não pensar em nada e em acalmar o meu corpo.

Acima de tudo, o que eu mais queria era dar as costas a tudo, voltar à minha rotina normal, esquecer tudo a respeito daquele homem moribundo e simplesmente contar: 291, 290, 289. Mas eu mesmo compreendia que era impossível. Uma pessoa de quem eu gostava, apesar do meu jeito desastrado, tinha pedido a minha ajuda. Se eu nem ao menos tentasse ajudar, que valor eu teria?

Reflexão

Naquela noite passei muito tempo acordado na cama, de onde eu distinguia apenas os contornos angulosos do armário e a escuridão um pouco mais clara da janela. No início pensei em Madame Surrugue, que escutava angustiosamente a respiração do marido, e naquilo que, segundo imaginava, eu poderia fazer para ajudá-lo. E assim, enquanto o canto dos pássaros no jardim ganhava força, comecei a pensar se eu lutaria contra a morte no dia em que ela viesse ao meu encontro.

Quando o despertador tocou fui reduzido a uma série de rotinas executadas de forma canhestra. Me levantei, esquentei a água para o chá e tirei o leite da geladeira, como eu fazia todos os dias, porém o mal-estar não me deixava. Mesmo assim, comi uma fatia de pão, tomei um banho demorado e peguei uma camisa limpa da pilha de modelos idênticos da Le Tailleur. Por fim, já exausto, tomei o rumo da clínica, mais desordenada a cada dia que passava.

As conversas foram difíceis. A história de Madame Brié sobre a indiferença disfarçada da mãe quase me levou às lágrimas, e precisei tossir e fungar tantas vezes que ela chegou a me perguntar se eu estava gripado. A irrequietude e um sentimento parecido com tristeza tomaram conta do meu peito, e comecei a duvidar da minha capacidade de suportar um dia inteiro de sofrimento humano condensado. Antes de ir embora, Madame Brié estendeu-me a mão e disse: "As pessoas tornam-se criaturas muito pequenas quando não têm ninguém que se importe com elas. Às vezes me pergunto se essas criaturas seriam mesmo pessoas."

Minha paciente seguinte, Sylvie, de 18 dezoito anos, não apareceu. Era raro que os pacientes simplesmente não aparecessem, mas a rigor eu não tinha como saber se houvera uma tentativa de comunicar a falta, uma vez que eu não tinha mais uma secretária para receber mensagens. Após as primeiras duas horas de provação eu devia ter dado um suspiro de alívio, mas em vez disso fui tomado por um sentimento muito próximo do pânico, porque a ausência me obrigava a voltar para mim mesmo, enquanto tudo que eu desejava era fugir. Uma quantidade enorme de pensamentos confusos lutava por espaço na minha cabeça. O que Madame Surrugue diria quando eu tentasse falar com o marido dela e ficasse claro que não adiantaria nada? Como ajudar um desconhecido a ter uma morte boa quando eu nem ao menos sabia como viver a minha própria vida?

Para interromper esses pensamentos eu me levantei e fui até a sala de espera. Lá eu andei a esmo de um lado para o outro, ajeitando revistas, olhando para fora das janelas em direção ao gramado, indo até a porta de entrada e espiando para ver se minha paciente não estaria a caminho. Mas não, Sylvie não apareceu, e não houve paz, tudo ficou cada vez pior. Minha pele se apertou à minha volta como se fosse uma rede. Abri e fechei a boca, dei voltas com os ombros e endireitei as costas, mas simplesmente não havia lugar suficiente no meu corpo. Fora de mim, peguei a bengala e saí rumo ao brilho do sol. Eu não sabia para onde ir; sabia apenas que não poderia ficar naquele lugar, então dobrei à esquerda e desci a rua com passos rápidos. Não vi nada, simplesmente me afastei com a respiração ofegante. Imagens confusas surgiam e se dissipavam: a pele macia de Agathe no forro verde do divã, eu em frente à janela, sozinho em casa, Madame Surrugue e o marido Thomas abraçados um ao outro. Na calçada, de vez em quando eu passava por outras pessoas que tinham de se afastar para não esbarrar em mim, porém eu mal as percebia. Estava ocupado demais mantendo-me de pé, e quando por fim não aguentei mais e caí de joelhos na rua, eu já não sabia mais onde estava.

Aos poucos voltei a respirar normalmente e descobri que eu tinha perdido minha bengala. Olhei confuso ao redor. Eu estava sentado em uma mureta que separava um bonito jardim da calçada, e depois de passar uns minutos me recompondo, me levantei cautelosamente enquanto me apoiava naquela superfície de pedra fria. O corpo ainda funcionava, mesmo que as pernas estivessem trêmulas e privadas de energia. Enquanto eu aos poucos cambaleava pela rua, minha visão tornou a se expandir e a permitir que o mundo entrasse. Como você é cretino, eu repreendi a mim mesmo; por que se irritar com isso? Ao mesmo tempo eu sabia que exatamente a mesma coisa aconteceria outra vez no dia seguinte sem que eu pudesse tomar qualquer atitude para impedir.

Próximo ao fim da estrada eu encontrei minha bengala, e logo a seguir reconheci uma das ruas. De lá eu consegui voltar mancando para a clínica. Ainda mais distante do que o normal e com a barriga roncando, terminei as três últimas sessões do dia. Velho e mortalmente exausto, eu estava sentado na minha poltrona enquanto a camisa enrijecia sobre o meu corpo como papel machê. Minhas únicas palavras eram boa tarde e adeus.

Quando a assustada Madame Mauresmo abriu e fechou a porta três vezes ao sair, como de costume, e assim indicou que o dia tinha chegado ao fim, consegui respirar normalmente pela primeira vez em horas. A náusea estava à minha espera, líquida e ácida, e para meu grande desgosto precisei cambalear até o banheiro para vomitar.

Agathe VII

"Acho que naquela época eu estava furiosa. Não, tenho certeza; eu só não conseguia perceber. Mas parei de cantar, já quase não tocava mais piano e então comecei a cortar meus antebraços."

Do lugar onde estava eu conseguia discernir a curvatura daquele rosto macio e ver a fina rede de sulcos ao redor dos olhos se franzirndo-se.

"Não sei por que estou falando desse jeito. O que o senhor acha, doutor? É possível trocar o piano por cortes no antebraço, feitos com uma faca de cortar legumes?"

O riso escondia-se por trás daquela voz.

"Ora, por que não?", perguntei. "Pense em toda a arte que foi criada graças ao sofrimento e à sublimação!"

Ela trajava um vestido verde-garrafa e uma blusa cinza por cima. Sapatos pretos de saltos baixos, que mal saíam para fora do divã. Os pés agitaram-se: primeiro um, depois o outro.

"Bem, foi assim que começou. Desde então eu me cortei, arranquei os cabelos, bati em mim mesma com vários objetos e também bati minha cabeça na parede até sangrar. E posso garantir ao senhor que é melhor do que éter e do que comprimidos para dormir!"

"Pode muito bem ser, mas essas coisas simplesmente atenuam a dor em vez de afastá-la. A senhora não vai me convencer de que esteja mesmo resolvendo qualquer coisa ao bater com a cabeça na parede, Agathe; a senhora está apenas se castigando por uma coisa que deixou de fazer."

Fiquei irritado ao perceber que eu soava como um velho, e quando o sorriso dela se abriu tive certeza de que eu era o motivo daquela graça.

"Não, doutor", ela disse. "O senhor tem razão. Então o senhor está sugerindo que eu pare? Que ideia original!"

"Diga-me, por acaso isso aqui parece uma brincadeira para a senhora?", eu exclamei.

"Garanto que não", ela respondeu prontamente. "Sinto-me enterrada viva na minha própria existência! Imaginei que o senhor pudesse reconhecer uma dose de humor mórbido quando a encontrasse."

Inclinei o corpo para a frente: "Mas o que é que a

senhora fez de tão errado, Agathe? Por que a senhora está tão furiosa consigo mesma?".

Ela estalou a língua: "O senhor tem certeza de que estava ouvindo, doutor?".

"Acredito que sim. Mas faça-me a gentileza de explicar para que eu possa entender."

Ela soprou a franja em uma expiração demorada, fazendo com que os fios pairassem no ar. A voz estava de volta ao tom normal quando ela respondeu: "Estou furiosa porque eu não consegui fazer nada da minha vida. Eu queria ter sido alguém, mas hoje eu não sou nada". Pela primeira vez em nossas conversas a umidade nos olhos dela transformou-se em uma lágrima, que escorreu pela têmpora e continuou a descer pelo pescoço alvo. Precisei de muita concentração para me ater à conversa, para não misturar todas as imagens de Agathe de uma vez por todas.

"Desculpe-me se isso soa banal; tenho certeza de que o senhor já ouviu a mesma história antes. Mas eu acreditava mesmo ser uma pessoa especial", ela disse.

"E em parte a senhora ainda acredita nisso", eu respondi, "pois de outra forma não estaria tão furiosa. Mas ao mesmo tempo?"

"O que o senhor quer dizer?", ela fungou, enxugando a lágrima com as costas da mão.

"Quero dizer que ao mesmo tempo a senhora acredita ser totalmente única e completamente indiferente."

Ela fez um gesto afirmativo com a cabeça: "O senhor tem razão. Há instantes em que sinto que não mereço viver, mas no instante seguinte acho que ninguém está acima de mim. É estúpido, não?".

Onde a morte está

Por fim não houve mais como adiar. O mal-estar dos dias anteriores transformou-se em uma sensação de irrealidade quando me aproximei da casa. No que eu tinha me envolvido?

Levou tempo até que Madame Surrugue abrisse a porta.

"Boa tarde, monsieur. É muita gentileza sua nos fazer essa visita. Por favor, entre", ela disse, abrindo a porta e dando um passo para o lado. O rosto despedaçado somente a duras penas havia se recomposto, e aquela visão me levou a querer dar meia-volta e sair correndo, atravessar o portão do jardim e entrar no ônibus que cheirava a suor com o qual eu havia percorrido o trajeto. Mas em vez disso eu cruzei o patamar da porta e quase tropecei em um objeto que parecia um tear. Tive de conter uma exclamação de surpresa. Havia coisas por toda parte!

"Permita-me."

Madame Surrugue colocou minha bengala em um

vaso com pelo menos dez guarda-chuvas de cores diferentes e pendurou meu paletó acima de uma pilha de jornais enquanto eu, perplexo, tentava encontrar um lugar para o meu chapéu. Eu nunca tinha visto tantos sapatos, muletas, varas de pesca ou regadores na mesma casa.

"Por aqui", disse Madame Surrugue enquanto me conduzia por um corredor estreito.

"Acho que ele está acordado, mas se não estiver o senhor pode acordá-lo." Ela parou em frente daquele que devia ser o quarto do doente.

Fiz um gesto afirmativo com a cabeça.

"Estou por perto se o senhor precisar de qualquer coisa", disse Madame Surrugue enquanto se afastava pelo corredor.

"Espere", eu disse. "Qual é o problema dele?"

Ela se virou para mim, olhou-me bem nos olhos e disse: "Ele está com câncer."

E então desapareceu na cozinha e me deixou em frente à porta que encerrava a morte.

Bati discretamente e entrei. Ele estava deitado na cama de casal que ficava no meio do aposento, somente com o rosto para fora do edredom. Havia um sulco profundo entalhado entre as sobrancelhas desgrenhadas, mas quando cheguei mais perto essa expressão atormentada desfez-se em um sorriso amistoso.

"Boa tarde, doutor. Tenha a bondade de entrar."

No canto havia uma poltrona, que eu arrastei para junto da cabeceira. O assento era baixo, e no fim do movimento o jeito foi soltar o peso e simplesmente me deixar cair. Um dia, pensei, eu acabaria sentado no lugar onde por acaso estivesse para nunca mais me levantar. Talvez em casa, na poltrona em frente à janela, ou em um banco às margens do lago, enquanto os cisnes adormeciam ao meu redor.

"Como o senhor está hoje, Monsieur Surrugue?", eu perguntei.

"Melhor, obrigado", ele respondeu. "Que bom receber essa visita do senhor. Acho que a minha querida esposa está perdendo a paciência comigo."

A cabeça afundada no travesseiro branco, o cheiro de doença se escondendo por baixo do cheiro de roupa de cama recém-lavada. Eu não disse nada, porque não sabia o que dizer.

Ele limpou a garganta e disse: "Pode me chamar de Thomas, doutor. Eu gostaria de ter uma conversa sincera com o senhor, mesmo que não nos conheçamos particularmente bem. Sou um fardo para a minha esposa, e não quero incomodá-la com o medo que sinto. Mas a verdade é que eu estou apavorado."

Ele falava aos borbotões, tomando fôlego e pronunciando uma frase, e então tomando novo fôlego antes de pronunciar a próxima.

"Tenho certeza de que o senhor não é um fardo", eu arrisquei. Mas Thomas não respondeu, e o silêncio que sobreveio foi quase insuportável. Eu sabia, pensei; eu sou muito ruim nisso!

E então a voz no travesseiro me perguntou: "O senhor conhece a morte?".

Eu franzi as sobrancelhas.

"Todos a conhecemos, não?", eu disse, mas eu mesmo notei que aquilo soava vazio.

"Como o senhor bem sabe, ao longo dos anos eu conversei com muitos pacientes que estavam muito doentes ou então sentiam-se próximos de uma pessoa que se foi", voltei a dizer, mas foi quase pior. Por fim eu balancei a cabeça. "Não", eu disse. "Eu não conheço a morte."

Thomas sorriu e acenou a cabeça.

"Não, pois veja bem: ninguém a conhece enquanto ela não vem. Pelo menos não de verdade."

As mandíbulas movimentavam-se sob a barba

curta e a pele cinzenta, como se ele estivesse mastigando. Passei um instante me perguntando quão logo eu estaria naquele estado. Meus cabelos ainda tinham manchas pretas em meio aos fios grisalhos, mas com certeza não durariam muito tempo se uma doença mais grave se instalasse. E dez quilos de músculo e gordura sumiam depressa.

"Todas as noites eu escuto a respiração da minha esposa e penso que não posso deixá-la."

No chão, à direita, havia um colchão com um travesseiro e um edredom. No criado-mudo à esquerda, perto de onde eu estava sentado, havia uma luminária, uma um copo d'água, uma tigela e uma latinha de balas de hortelã. Então aqueles eram os remédios para a morte.

"Na verdade não tenho certeza de que possa ajudá-lo, Thomas", eu disse. "Eu nunca amei ninguém."

As palavras me pegaram de surpresa, mas Thomas respondeu apenas: "Nem todo mundo tem essa sorte. Mas talvez o senhor tenha mais facilidade para morrer..."

"Talvez", concordei, "mas assim mesmo tenho mais dificuldade para viver."

A risada dele era como pedra caindo em cima de pedra.

"O senhor tem razão", ele conseguiu dizer enquanto a risada se transformava em tosse; "uma vida sem amor não vale grande coisa."

Devolvi-lhe o sorriso, e passamos um tempo em silêncio até que eu por fim perguntei: "O senhor disse que estava com medo?".

"Completamente apavorado!" Ele tornou a sorrir, desta vez com os olhos. "É muito bom dizer isso em voz alta."

"Para ser bem sincero, eu também estou com medo", eu admiti; "simplesmente ainda não entendi por quê."

"Acho que o pior é não tornar a ver o rosto da minha esposa. Pensar que vou para um lugar onde ela não vai estar."

De uma forma ou de outra eu entendi precisamente o que ele queria dizer.

"Talvez ela não seja o que o senhor precisa abandonar", eu sugeri. "Talvez seja apenas todo o resto?"

Eu não tinha certeza de que o meu comentário fazia sentido, porém Thomas estendeu a mão e segurou a minha da mesma forma como a esposa havia feito antes.

"É verdade", ele disse enquanto eu sentia um leve aperto na mão; "eu nunca vou abandoná-la. Mas o resto talvez eu possa abandonar."

Ele soltou minha mão e contraiu o corpo em mais um acesso de tosse seca, e eu alcancei-lhe a água para que tomasse uns goles.

"Espero que o senhor descubra a razão para o seu medo", ele disse com a voz rouca enquanto se ajeitava sobre os travesseiros; "qualquer outra coisa seria um terrível desperdício."

Olhei para ele e dei de ombros; quase tudo até então não tinha sido um desperdício? Mesmo assim, perguntei: "Como uma pessoa faz para descobrir a razão do medo que sente?".

"Pelo que eu sei", respondeu Thomas, enquanto o olhar se perdia, "o senhor deve partir do seu maior anseio."

Agathe VIII

"As pessoas diziam que eu era parecida com o meu pai, e ele adorava isso. Acho que tinha orgulho de ter gerado uma filha apesar da deficiência, então eu virei uma espécie de troféu. Toque, Agathe, toque!"

As palavras vinham com amargura.

"A senhora tocava bem?", eu perguntei. Claro que tocava. Agathe fez um gesto afirmativo com a cabeça.

"Nunca disseram para mim que eu era boa; eu só ouvia dizerem para os outros, quando não sabiam que eu estava ouvindo. Mas sim, a verdade é que eu tocava bem."

"E a senhora não se alegrava com isso?" Olhei para os dedos afilados e os imaginei correndo sobre as teclas, como se ela quisesse se obrigar a cometer um erro. De repente me lembrei do dia em que eu mesmo havia compreendido que tocava violino apenas por causa do meu pai. Que eu praticava exclusivamente para evitar decepcioná-lo, e que tudo aquilo que eu sentia quando executava uma peça com desenvoltura era alívio.

Agathe balançou a cabeça.

"Eu odiava tudo aquilo. Eu odiava o piano, e odiava escutar os outros falando a meu respeito. Tudo se resumia a mostrar aos outros que eles dois eram bons pais. Aquilo não tinha nada a ver comigo."

O horário da sessão havia chegado ao fim, mas não tive coragem de interrompê-la, o que eu mais queria era permanecer lá com Agathe e deixar o paciente seguinte esperando. Olhar para a pele alva e imaginar como seria tocá-la; fazer uma pergunta e saber que eu poderia curá-la se empregasse as palavras certas.

Mesmo assim Agathe deve ter pressentido uma mudança, pois mesmo que eu não tivesse feito qualquer movimento ou comentário, ela sentou-se decidida no divã. Os cabelos estavam desajeitados e úmidos como os de uma criança que acorda depois de um sono profundo.

"Acho que por hoje isso é tudo, doutor. Até terça-feira."

Ela abriu um sorriso que mais parecia uma careta ensaiada, e eu acenei a cabeça.

"Até lá, Agathe. Obrigado por hoje."

A mão dela se demorou por um instante na minha, e então ela saiu e fechou a porta do consultório. Sentei-me no divã, que ainda retinha o calor do corpo dela, e cheirei-o em uma longa e prazerosa inspiração. A seguir chamei Madame Carmeille e tentei me convencer de que tinha rigorosamente a mesma importância.

Neve

Um dia eu acordei e descobri uma camada fina e branca sobre a cidade. Sempre adorei o inverno e os sons abafados que traz consigo, e sempre preferi a neve ao sol. Desta vez o inverno havia chegado de maneira inesperada, justo quando a primavera estava a ponto de se transformar em verão, e isso me fez apreciá-lo ainda mais.

A neve revelava um mundo secreto de rastros, com patas de cachorro, botas e sapatinhos de crianças que iam para a escola ou passavam em frente ao consultório e seguiam rumo ao centro da cidade.

No interior da clínica, onde a poeira e as moscas mortas se acumulavam no parapeito, dei início às primeiras sessões do dia. Em silêncio, amaldiçoei todas as coisas que influenciavam os meus pacientes e em relação às quais eu nada podia fazer. Eu tinha de lutar contra tudo, de cônjuges frios a garrafas de vinho atrás da estante de livros. E o que se podia esperar da terapia, quando eu tinha apenas duas ou três horas semanais para reconstruir aquilo que os meus pacientes vinham destruindo ao longo de uma vida inteira?

Logo Madame Almeida chegou. Ela começou a falar no mesmo instante em que pousou a cabeça na almofada, e me perguntei se perceberia caso eu me mantivesse absolutamente calado de aborrecimento na poltrona logo atrás. Imagine que Madame Surrugue está a ponto de perder o marido e aquela mulher terrível estava reclamando que haviam lhe dado dez centavos a menos de troco na compra de um par de luvas!

Esse pensamento fez com que uma golfada de fel subisse pela minha garganta e chegasse até a minha paciente: "Madame, a senhora tem de parar com isso", eu a interrompi. De vez em quando surpreendemos a nós mesmos, e foi isso o que aconteceu nessa ocasião.

"Sempre que vem ao consultório a senhora passa o tempo inteiro acusando as outras pessoas de serem incompetentes, e estou começando a enlouquecer com essas histórias! Logo vai fazer três anos que a senhora reclama da apatia do seu marido enquanto ignora tudo que eu tenho a lhe dizer. Já chega!"

Madame Almeida ergueu-se com certa dificuldade sobre os cotovelos e me encarou com uma expressão incrédula. A pele flácida sob o queixo tremia de leve, e os olhos estavam arregalados.

"Acho que devemos fazer um experimento, Madame.

A senhora claramente não está tendo nenhuma melhora, então sugiro que tentemos uma abordagem nova. Até nossa consulta na semana que vem, eu quero que a senhora mantenha-se calma. Diga ao seu marido que ele precisa se encarregar de todas as coisas práticas porque a senhora recebeu ordens de repousar. Simplesmente aproveite os dias bonitos, leia um livro ou faça qualquer outra coisa que deseje fazer. Passe um tempo com amigos próximos."

Madame Almeida exclamou, com o rosto vermelho, quase roxo: "Bernard não sabe cozinhar! Tampouco sabe lavar ou passar roupa; Bernard não sabe fazer absolutamente nada!".

Dei de ombros. Bernard não podia ser mais indiferente para mim.

"Não temos como saber a não ser dando-lhe uma chance", eu disse com o jeito mais amistoso possível. "É apenas um experimento, e não há nada que possa dar errado. Simplesmente faça a sua parte da melhor forma possível, e na próxima sessão podemos conversar a esse respeito."

Madame Almeida continuou a me encarar por mais um tempo. Tive a impressão de que tentava formular uma frase, mas não encontrava as palavras certas, porque a realidade escapava-lhe por entre os dedos. Levantei-me para indicar que a conversa havia chegado ao fim e ela me acompanhou mecanicamente até a porta.

"Eu nunca fui sujeitada a esse tipo de tratamento, doutor", ela disse por fim enquanto eu tinha de conter um sorriso.

"Acho que está na hora de uma mudança, Madame. A senhora não acha?"

Ela me lançou um último olhar desconfiado, apertou a bolsa contra o peito, como se eu houvesse tentado roubá-la, e deixou o consultório com passos curtos e rápidos no vestido justo.

Quando ela foi embora, considerei a possibilidade de jamais tornar a vê-la, mas eu não acreditava nesse desfecho. Ela precisava de testemunhas para aquele martírio, pois de outra forma que valor teria? E, se não aparecesse no consultório para reclamar, para onde mais iria?

O dia tinha chegado ao fim, e eu precisava apenas fechar a clínica. Então veio a angústia. Senti o pulso vibrar por todo o meu corpo, como se eu fosse um diapasão na mão de um compositor furioso, e, se eu não tivesse sentido aquela sensação tantas vezes, teria a certeza de estar prestes a morrer. Precisei fazer pausas enquanto eu caminhava do consultório até a sala de espera, parando junto às cadeiras dos pacientes e tomando fôlego antes de me levantar novamente, porque eu não conseguia parar quieto.

Minhas pernas tremiam, mas por fim consegui largar o prontuário de Madame Almeida e o desenho inacabado no lugar e saí rumo à noite que começava. Finíssimos véus de neve ainda cobriam os telhados das casas enquanto pequenas áreas verdes e pretas cresciam sobre a terra úmida e o vento fazia meus pulmões arderem.

Aos poucos o suor da minha pele secou. Segurando firme o castão da bengala, movimentei-me pela cidade na direção oposta à minha casa, e somente a poucos metros da casa dela me permiti compreender o que eu estava fazendo. Se tivesse um único vislumbre dela eu me sentiria melhor, quanto a isso eu tinha certeza. Se ao menos eu pudesse ver que ela existia!

Mas Agathe não estava lá. Por outro lado, havia um homem magro com as têmporas altas, que lia o jornal sentado à mesa de jantar.

Julian. Senti uma aguilhoada de repulsa; o que ela via nele? Por que viver com um homem que claramente não a fazia feliz?

No mesmo instante o homem levantou o olhar. Por um longo momento olhei diretamente para aqueles olhos de peixe - que, verdade seja dita, eram apenas um par de olhos azuis -, e então me afastei e voltei apressado pela cidade, tomado por um misto de humilhação e fúria.

Agathe IX

"O que a deixa com tanto medo, Agathe?"

"Eu já quase não sei; o que deixa as pessoas com medo?" Ela espalmou as mãos, como se não soubesse mais o que dizer. "Parece que a vida tornou-se perigosa. Eu tenho medo de tocar música, medo de parar, medo de me aproximar de outras pessoas, medo de estar sozinha. Não existe nenhum lugar para mim!"

"Mas a senhora precisa tentar, Agathe", eu disse. "A vida é feita daquilo que fazemos, e a senhora não está fazendo nada."

Ela soltou um gemido e fez um gesto brusco e irritado: "Eu não aguentaria fracassar mais uma vez. Não fiz nada além de fracassar até agora e tem sido insuportável!".

Uma ternura inesperada tomou conta de mim, e tive de resistir à tentação de estender a mão para ela.

"Mas, Agathe, o que a senhora acha que a vida é?", eu perguntei em tom alegre.

"O que o senhor quer dizer?"

"Parece que a senhora acha que existe uma fórmula para uma vida boa, e que enquanto a senhora não a tiver encontrado, pode igualmente parar de viver. É isso mesmo?"

Ela sentou-se com um movimento repentino, de perfil em relação a mim, enquanto as mãos agarravam-se ao divã em cada lado dos joelhos.

"Eu acho que a vida é ao mesmo tempo curta demais e longa demais. Curta demais para que as pessoas aprendam a vivê-la. Longa demais porque a decadência se torna mais visível a cada dia que passa."

A voz era uma litania, e ela claramente não estava confortável naquela situação, mas eu não podia deixar que a minha fraqueza interferisse com a terapia.

"Como a senhora tem certeza de que fracassou?", eu a pressionei.

Agathe balançou a cabeça e balbuciou: "Acredite, as pessoas percebem esse tipo de coisa."

"E a quem a senhora está se comparando?"

"À pessoa que eu devia ter sido." Ela passou as duas mãos com força no rosto. "Estou cansada, doutor. Acho que é o bastante por hoje."

Nossos olhares fixaram-se um no outro. Será que ela parecia infeliz ou será que eu estava me vendo nela? Imaginei minha mão se estender para acariciar-lhe os cabelos. Vi-a aproximar o corpo de mim, para que eu pudesse abraçá-la, até que a distância sumisse e eu pudesse sussurrar que a compreendia. Que eu tinha pelo menos tanto medo quanto ela.

Em vez disso nos demos adeus, e ela me deixou sentado na poltrona. Acompanhei seus passos enquanto atravessava o consultório – ela deu nove, enquanto eu dava oito – e ouvi a porta da frente se fechar com um clique metálico.

Amor

No dia em que ainda faltavam 202 sessões eu acordei com o corpo quente e cheio de pintas vermelhas, com o lençol e o edredom socados contra a parede em uma bola suada. A contagem regressiva me perseguia até mesmo nos sonhos, onde eu corria desesperado de um lado para o outro tentando salvar todos os meus pacientes antes que todos morrêssemos, e a sensação de urgência simplesmente não me deixava, independentemente do tempo que eu passasse na banheira. Logo tudo chegaria ao fim, mas o que aconteceria depois? Será que eu tinha mesmo feito tudo que estava ao meu alcance para ajudar os meus pacientes?

Quando cheguei à clínica, parei junto à porta e olhei ao redor. Não havia um cheiro estranho? Era meio como se eu tivesse esquecido uma coisa na geladeira, uma coisa que houvesse se desmanchado em uma poça úmida na parte de trás, ou como se eu não tivesse esvaziado o lixo orgânico. Eu raramente pensava nessas coisas, porém Madame Surrugue costumava fazer a limpeza e trocar a toalha do banheiro, e com frequência comprava flores para fazer arranjos. Sem ela, o consultório aos poucos decaía ao meu redor. Os pacientes alternavam-se no divã segundo uma lógica complexa que uma pessoa com a perspectiva correta seria capaz de compreender. Pensei em Thomas. Durante o nosso encontro tinha surgido uma certa abertura entre nós que eu gostaria de levar para as sessões de terapia. A morte parecia nos ter obrigado a fazer aquilo, a saltar diversos estágios e ir diretamente ao essencial, mas seria possível fazer o mesmo sem a intervenção da morte?

Enquanto Madame Olive discutia o conceito de amor, dei continuidade às minhas especulações. Talvez não fosse possível estabelecer uma relação verdadeira no consultório, onde uma das pessoas pagava a outra para escutar, e onde os pacientes por definição estavam doentes, enquanto eu era o responsável pela cura. "Na verdade eu não acho que o que sinto pelo meu marido é amor", eu a ouvi dizer, "e assim mesmo dizemos com frequência que nos amamos. As pessoas dizem muitas coisas."

"Aham", concordei.

"Por outro lado, prefiro estar com ele a estar sozinha. Isso também deve significar alguma coisa."

Concordei mais uma vez e pensei se aquilo poderia

significar outra coisa que não o medo de estar sozinha.

"Talvez", Madame Olive disse com um suspiro, "eu não sentisse vontade de polir a prataria todos os dias se eu amasse o meu marido um pouco mais."

Não pude conter uma risada:; "Não diga uma coisa dessas, Madame. Acho que antes a senhora precisa descobrir um pouco mais de amor em relação a si mesma."

Madame Olive sorriu com uma expressão de surpresa.

"Eu nunca tinha pensado dessa forma antes, doutor."

Eram seis da tarde e eu tinha falado com quatro pacientes antes do almoço e outros quatro depois, mas não estava cansado. Pelo contrário: eu sentia vontade de dançar, de balançar os ossos e ter a chance de voltar a ser um homem jovem e viril. Com certeza esse comentário há de soar terrivelmente banal, mas eu sentia uma vontade enorme de ser uma pessoa que significasse alguma coisa.

Estranhamente inquieto e incapaz de ir para casa, passei um tempo andando a esmo de um lado para o outro na clínica. Primeiro ao longo das paredes daquele grande espaço, passando em frente ao lugar de Madame Surrugue, onde eu deixei meus dedos roçarem na escrivaninha, e depois no meu consultório. Eu amava de verdade aquele lugar. Fora lá que pela primeira vez na vida eu tinha encontrado uma coisa realmente minha e que talvez eu até soubesse fazer bem. Por que eu tinha deixado que tudo se afastasse de mim? Será que eu era apenas indiferente ou será que eu era arrogante a ponto de me aborrecer com a infelicidade das outras pessoas?

Fui até a janela e olhei para a rua vazia. Senti a madeira fria do parapeito na palma das mãos, me balancei de leve para a frente e para trás. Depois inclinei o corpo bem para a frente, até que a minha testa encostasse na janela e eu pudesse sentir a palpitação do meu pulso contra a vidraça.

A decisão

Eram 7h35 da manhã e o céu parecia uma extensão azul-gelo acima de mim. Crianças em uniformes recém-passados e usando cabelos lambidos brincavam, trocando empurrões e lutando para ver quem conseguia se manter na calçada sem cair na rua. Com certeza estavam a caminho da École de Saint Paul, no outro lado da cidade, e parte das mães que tinham acabado de se despedir com um beijo havia sem dúvida frequentado o meu divã ao longo dos anos. De repente uma voz clara de criança exclamou às minhas costas: "Bom dia, monsieur!".

Era a menininha que morava no número quatro. Passou por mim quase dançando, com passadas que me fizeram pensar na corrida de um pivete, e antes que eu pudesse responder já se encontrava muito à frente, com a mochila balançando para cima e para baixo nas costas.

Assim que vi minha clínica mais adiante na rua eu soube que Madame Surrugue ainda não tinha voltado; as paredes literalmente emanavam o vazio. A solidão é total, pensei, mas eu não tinha certeza de estar pensando na minha própria.

Quando o dia chegou ao fim e eu provisoriamente havia colocado os oito prontuários no canto da mesa da minha secretária, tomei uma decisão. A ideia tinha surgido durante a noite anterior, e naquele momento levou-me a parar na floricultura, onde o marido de uma das minhas pacientes gentilmente me ajudou a escolher um buquê de flores com um nome que eu jamais tinha ouvido e então me acompanhou pela Rue du Pavillon até o lotado e malcheiroso ônibus 31.

Ao longo do trajeto, recordei meu primeiro encontro com Madame Surrugue. Ela respondeu a um anúncio de emprego que eu havia colocado em um jornal de circulação local depois de me dar conta de que eu não poderia ao mesmo tempo ser médico e cuidar de toda a parte administrativa da clínica. Eu tinha separado uma tarde inteira para entrevistar as candidatas, mas após as primeiras três eu já estava disposto a abandonar para sempre a ideia de que seria possível encontrar uma pessoa com quem eu suportasse trabalhar.

E então ela chegou. Impecavelmente vestida com uma saia longa e o casaco que completava o *tailleur*, e usando o coque sóbrio e firme sem o qual eu nunca a tinha visto. Por um motivo ou outro eu também me lembrava com bastante clareza dos sapatos de couro marrons, com o salto baixo e anguloso e a fivela na frente, que ela usou durante pelo menos cinco anos após a contratação.

Coloquei-a para datilografar um texto que eu ditava, o que ela fez com rapidez e sem erros, e perguntei-lhe a respeito de empregos anteriores.

"Eu ajudei na loja do meu pai desde os meus doze anos como encarregada da contabilidade e das cópias passadas a limpo das cartas enviadas para fornecedores e clientes. Aos dezenove anos comecei a trabalhar para um advogado, e desde então fui responsável pela agenda dele, pela redação de correspondências e pelo arquivamento de todos os documentos."

Ela me entregou uma folha de papel cuidadosamente dobrada que trazia palavras elogiosas a respeito da maneira como se dedicava ao trabalho.

"Por favor, fique à vontade para contatá-lo e fazer perguntas sobre a qualidade do meu trabalho."

No dia seguinte comuniquei a Madame Surrugue, que na época ainda se chamava Mademoiselle Binout, que a vaga era dela. Só percebi a casa de tijolo à vista, com a indicação do número doze 12 em ferro no jardim, quando o ônibus passou em frente, e me surpreendi ao dizer para o motorista que eu gostaria de descer. Foi um alívio sair do meio daquela multidão de corpos espremidos, e já do lado de fora limpei as mãos febrilmente nas minhas calças.

Anos depois da contratação eu havia contatado monsieur Bonnevie, o advogado que Madame Surrugue indicara como ex-patrão. Eu queria perguntar sobre a possibilidade de comprar o escritório, que até então eu alugava, e tive uma grande surpresa quando fiz elogios à antiga secretária dele e ele me respondeu que nunca na vida tinha ouvido falar daquela pessoa. Nunca mencionei o ocorrido a Madame Surrugue. Ela fazia o trabalho de maneira irrepreensível, e além do mais eu sentia uma estranha alegria por tê-la descoberto. O segredo era ao mesmo tempo nosso e apenas meu, e o blefe tinha despertado em mim um respeito ainda maior por aquela mulher.

"Boa tarde, Madame."

Eu fiz uma mesura e ergui o chapéu, mas não tinha realmente planejado a visita, e de repente percebi que eu não sabia o que fazer de mim mesmo. Madame Surrugue olhou para mim como se tivesse esquecido quem eu era, e pigarreei indeciso enquanto alternava o peso entre uma perna e a outra. Ocorreu-me que ela parecia diferente. Devia ter perdido vários quilos, e do coque desgrenhado saíam uns fios de cabelo grisalho que até então eu jamais havia percebido.

Então me lembrei das flores que eu segurava com a mão úmida, e as entreguei para Madame Surrugue, como antes eu lhe teria entregado a minha bengala. Talvez ela também estivesse presa a esse antigo costume, uma vez que o buquê deu a impressão de levá-la a se lembrar de como é ser uma pessoa.

"Muito obrigada, monsieur; vou colocá-las na água agora mesmo", ela disse, dando um passo ao lado enquanto abria a porta. "O senhor não gostaria de entrar?"

Café

"As coisas estão sendo bastante complicadas para mim sem a senhora", eu comecei, pronunciando a frase que eu havia preparado no ônibus. Disse que todos os prontuários estavam em cima da mesa dela, e que muitos pacientes haviam perguntado a seu respeito e pedido que eu mandasse lembranças.

"Quanta consideração", ela disse com um sorriso discreto. "Mas, se o entendo bem, qual pode ser a dificuldade de guardar os prontuários no armário, da maneira como o senhor mesmo sabe que são guardados?"

Foi muito bom receber essa reprimenda, e as bochechas de Madame Surrugue tornaram-se um pouco mais vermelhas enquanto falava.

"Eu trabalhei para o senhor por mais de trinta anos praticamente sem tirar férias, e agora o castelo de cartas parece estar prestes a cair no instante em que se toma a liberdade de..."

Ela passou a mão depressa sobre a boca, e passamos

uns instantes parados em silêncio. Então ela se levantou de repente.

"Café?"

Eu a observei enquanto trabalhava. Os movimentos eram mais lentos e por assim dizer menos efetivos do que na clínica, e ter a oportunidade de vê-la naquela situação me deixou simultaneamente triste e honrado.

"Quanta bondade sua voltar aqui", ela disse, sempre de costas para mim. "Thomas apreciou muito a sua última visita, e parece que desde então tem estado um pouco mais calmo."

"Fico contente em saber", eu respondi balançando a cabeça, "mas com certeza Thomas me ajudou mais do que eu a ele. Como ele está hoje?"

"Acabou de adormecer", ela respondeu, colocando a cafeteira em uma bandeja; "ele passou uma noite ruim. E essas noites são muitas."

Ela voltou à mesa com a bandeja, empurrou uma pilha de papéis para o lado e dispôs os pires, as xícaras, o açúcar, a leiteira e a cafeteira à nossa frente.

"As coisas estão assim há quanto tempo?", eu perguntei. Com movimentos controlados, Madame Surrugue alisou a toalha de mesa e por fim suspirou.

"Começou um bom tempo antes de eu avisar ao senhor que teria de faltar ao trabalho. Thomas tinha passado meses com dores de barriga, mas não queria ir ao médico. Quando enfim o examinaram, os médicos disseram que já não havia mais nada a fazer, e que o melhor seria trazê-lo de volta para casa. E foi assim que resolvi ficar aqui com ele." Ela me olhou com os olhos marejados. "Na verdade, ele pode morrer a qualquer instante."

Eu fiz um gesto afirmativo com a cabeça e olhei para a mão dela, estendida na mesa à minha frente. Aquela mão parecia um pássaro alvejado.

"Thomas é um bom homem", eu disse, novamente sentindo a insuficiência das palavras. Madame Surrugue com certeza tinha passado mais de vinte anos casada com Thomas. Naquele momento ele estava morrendo do outro lado da parede à minha direita, e tudo que eu consegui dizer foi que era um bom homem.

Madame Surrugue assentiu com a cabeça enquanto servia café para nós dois e ajeitava os pés em cima da cadeira mais próxima.

"Imagine", ela disse, quase admirada, e então me encarou com os olhos apertados. Me remexi no assento.

"Imagine o quê, Madame?"

"Que o senhor veio", ela disse, desviando o olhar enquanto soprava o café e tomava um gole. "Assim, do nada. Eu jamais teria imaginado."

Estendi a mão em direção à minha xícara e sorri para ela.

"Era o mínimo que eu podia fazer", eu disse.

Agathe X

Ela estava sentada junto à janela com o sol ainda tímido da primavera nos cabelos e parecia muito distante. Para quem não soubesse de nada, seria impossível ver que estava doente. Passei um longo tempo simplesmente a observá-la, e então me recompus.

"Boa tarde, Agathe", eu a cumprimentei; "por favor, entre."

"Obrigada", ela respondeu, passando à minha frente rumo ao consultório. "O senhor parece triste hoje, mas por outro lado é sempre assim. O senhor é um homem triste, doutor?"

A pergunta era simples, mas ninguém a tinha feito antes, e aquilo me atingiu como uma pancada no ventre.

"Eu...", comecei, mas de repente senti a garganta seca e precisei engolir antes de continuar: "Eu nunca pensei a esse respeito."

"Nunca pensou a esse respeito?" Ela sentou-se na

beira do divã e me lançou um olhar interrogativo. Aqueles olhos grandes estavam muito próximos de mim, e tive de me esforçar para não desviar o rosto.

"Não", eu disse.

Ela franziu as sobrancelhas: "Mas, doutor, como o senhor consegue passar a vida tratando o sofrimento alheio sem olhar para o seu próprio?".

Maldito calor. Eu estaria disposto a dar tudo para abrir uma janela, mas sentia minhas pernas tão fracas que tive de permanecer sentado enquanto um calor abrasador espalhava-se pelo meu peito.

"Eu aprendi a deixar esse tipo de pergunta de lado quando saio do consultório à tarde", eu disse em um tom que pretendia soar relaxado. "E a senhora, como está hoje, Agathe?"

"O senhor não quer responder?", ela perguntou de maneira insistente. "Como o senhor pretende entender as outras pessoas quando nem ao menos sabe como está?"

Ela manteve o olhar fixo no meu, e fui afundando, devagar, devagar, enquanto o lápis, o bloco de anotações e todos os livros desapareciam, e eu por fim restava sozinho como um homem angustiado de quase 72 anos com óculos sebosos e barba por fazer.

Tive a impressão de que um tempo infinito se passou antes que eu pudesse responder: "Ora, eu simplesmente não posso. A senhora tem razão", eu disse, abrindo os braços; "não tenho a menor ideia de como as pessoas funcionam! O que a senhora me diz? Tudo isso aqui é um grande teatro!".

Agathe expirou pelo nariz em um misto de riso contido e gargalhada: "Acho que agora o senhor está sendo exagerado, doutor! Eu falei com muitos outros médicos antes do senhor, e os que realmente ouvem os pacientes são raríssimos. Eu aprecio muito a sua ajuda."

Não entendi nada; não tínhamos acabado de concordar que eu era um impostor?

"Simplesmente vir aqui e falar com uma pessoa que de fato se interessa por mim em vez de recomendar a minha internação significa muito para mim. O senhor não sabia?"

Balancei a cabeça.

"Pois significa. Mas para mim não faz sentido que o senhor fique aqui sentado, imaginando-se um especialista em distúrbios psíquicos, sem nem ao menos ter refletido sobre a situação terrível em que se encontra."

Por fim minha voz retornou: "Mas por que a senhora acha que eu me encontro em uma situação terrível?".

"Por onde vou começar? O senhor vem se degradando aos poucos desde que a sua secretária adoeceu. O consultório está com um cheiro estranho, a recepção está virada numa grande baderna e eu tenho o pressentimento de que o senhor usa o mesmo terno desde o primeiro dia em que vim aqui."

Ela revelou o queixo pontudo em um sorriso, mas continuou em tom mais sério: "E também há esse tremor nas suas mãos, claro", ela disse enquanto eu olhava estupefato para as costas manchadas das minhas mãos, "mas o que revela tudo de verdade é o seu rosto. Mesmo quando sorri, o senhor está triste."

Ora, pensei, ela tinha razão. Mas o que eu poderia fazer? Minha decepção se devia à própria existência.

"Por que a senhora acha que eu me ponho aqui, onde ninguém mais pode me ver?", perguntei a fim de não perder o controle por completo.

"Ah", ela apontou o dedo ameaçadoramente para mim; "agora tudo começa fazer sentido!"

Eu ri com uma voz que não era minha, ou talvez tenha sido a risada que eu não reconheci. Mas havia um elemento libertador em ser visto por Agathe.

"Ah, então o senhor também sabe rir", ela disse; "que irritante! Agora eu devo um jantar para Julian."

Natação

A angústia estava à minha espera. Assim que Agathe deixou o consultório a onda chegou e bateu nos meus pés. Ainda havia um número assustador de horas a passar antes que eu pudesse me deitar para dormir, e apenas de pensar que precisava fugir da angústia eu me sentia cansado.

A caminho de casa eu comprei pão e presunto para o jantar. O atendente parecia estranhamente borrado; não me era possível distinguir os traços daquele rosto, e eu sentia o bater do pulso nos meus ouvidos.

"Noventa centavos, monsieur."

Estendi-lhe dinheiro suficiente e me virei para ir embora.

"Monsieur, o seu troco!", ouvi logo atrás de mim, porém

eu havia dado início a um movimento que não podia ser interrompido.

Meu peito rangia e mais percebi do que decidi que os meus passos conduziam-me ao lago em vez de conduzir-me de volta para casa. Agathe, Agathe, eu ouvia como uma canção na minha cabeça; de repente a água surgiu diante dos meus pés, e eu não parei, e o frio entrou nos meus sapatos.

Mais um passo. O fundo era ao mesmo tempo firme e maleável, a água batia nas minhas canelas e eu nunca tinha sentido nada tão reconfortante. O frio atravessou minhas calças, atravessou minha pele e chegou até o calor da angústia, e quando a água bateu na minha cintura eu deixei meu corpo deslizar para a frente e dei um mergulho, e assim todo o meu corpo suado e tenso foi tragado.

"Aaaaah", suspirei, virando-me de costas e nadando rumo ao meio do lago com uma leveza libertadora que eu já nem lembrava mais que existia.

Pequenas coisas

O primeiro paciente do dia não era ninguém menos que Madame Almeida, e notei que quando ela fosse embora ainda me faltariam exatamente cem sessões. Aquela grande mulher tinha faltado a todos os nossos encontros desde que eu a surpreendera com minha interferência experimental, e eu tinha começado a achar que talvez houvesse cometido um equívoco.

Mas de repente ela estava lá. A boca era um traço fino e amargurado, os calcanhares batiam-se relutantemente contra o assoalho e, acima de tudo, ela parecia quieta.

"Ora, por onde andou nessas últimas semanas, Madame?", eu perguntei.

Ela deu de ombros.

"Na última vez eu lhe dei uma tarefa difícil. Talvez a senhora queira me contar qual foi o resultado?"

Ela lançou um olhar breve em minha direção.

"Não deu certo."

"Bem, esse também é um resultado possível", eu disse a fim de animá-la. "Como foi que não deu certo?"

"Ora, era uma tarefa impossível. E completamente estúpida!"

Ela me olhou como uma criança atrevida, com o queixo projetado à frente, e eu tive de conter um sorriso.

"O senhor não conhece Bernard", ela prosseguiu, "e estou começando a achar que também não me conhece!"

"Não?"

"Não! De outra forma o senhor jamais teria pedido que eu me mantivesse calma. A única forma que tenho de encontrar paz é mantendo-me ocupada."

"Ah", eu sorri.

"Ah o quê?", ela retrucou. "O senhor fica aí sentado dizendo "aham" e "ah", mas de que isso me serve?" Talvez ela tivesse razão, mas não haveria de escapar com tanta facilidade naquele dia.

"A senhora poderia me relembrar por que mesmo precisa de ajuda, Madame?", eu perguntei.

"Isso é uma loucura", ela bufou; "o senhor está me fazendo essa pergunta ao fim de três anos?"

"Eu achava que a senhora vinha aqui para aprender a controlar os nervos. Falamos sobre tudo, da sua infância à sua respiração, sem nenhum tipo de melhora, e o passo lógico seguinte é colocar o foco no presente e aprender a encarar os pequenos problemas do dia a dia com um pouco mais de leveza. Mas a senhora se nega. Então minha pergunta agora é a seguinte: para que a senhora quer a minha ajuda, afinal de contas?"

Madame Almeida desabou; os ombros largos perderam o fôlego, e as costas recurvaram-se em uma postura defensiva sobre a barriga.

"Se a senhora quiser viver melhor, vejo dois caminhos, Madame. E pode ser que os dois andem de mãos dadas. Um consiste em que a senhora dê menos importância a bagatelas e reduza a quantidade de obrigações cotidianas. O outro consiste em trazer para a sua rotina alguma coisa que dê sentido à sua vida."

Ela me ouviu; quanto a isso não havia dúvida. Talvez ainda não tivesse entendido o que eu dizia, mas de fato se esforçava.

"O que eu quero dizer é que a senhora precisa investir o seu tempo em coisas que tenham um significado maior do que fazer compras e limpar a casa. Coisas que a deixem alegre! Ou", apressei-me em acrescentar, "pelo menos coisas que lhe interessem. Assim todas essas bagatelas vão perder importância."

"Todas essas bagatelas?", ela me perguntou com a cabeça baixa e o lábio inferior a tremer.

"É", eu disse. "Tudo aquilo com que a senhora ocupa as suas horas, mesmo que na verdade sirva apenas para irritá-la. Deve haver mais do que isso!"

Madame Almeida fungou. Em seguida assentiu com a cabeça, ainda hesitante, e olhou para mim.

"É engraçado que o senhor esteja dizendo isso, doutor", ela disse. "Eu mesma sempre pensei assim."

Limpeza

Naquela tarde eu de repente tive dificuldade em aceitar que a minha casa tivesse a mesma aparência de sempre. Olhei ao redor, e mesmo que tudo me parecesse familiar, parecia também forçado e deslocado. Ocorreu-me que durante a minha vida adulta eu não tinha adquirido nenhum item novo para o meu inventário – sequer um garfo ou um colchão para a cama.

Tudo fora herdado ou dado pelos meus pais como presente, e eu tinha aquelas coisas todas porque me eram úteis.

Comecei com os quadros do meu pai. Tirei um por um dos pregos que os sustentavam, e ao longo desse processo surpreendi-me cada vez mais ao ver o quanto as minhas paredes estavam desbotadas.

Eram sete quadros no total, com motivos que eu, ao fechar os olhos, lembrava com mais clareza do que o rosto do meu pai. Muitos eram mais velhos do que eu; sempre tinham estado lá, e eu nunca tinha pensado se realmente os apreciava. Depois fui até a escrivaninha. Eu não a abrira por muitos anos, e foi com certa curiosidade que pus-me a vasculhar as gavetas. Meus pais não eram pessoas sentimentais e nunca contavam histórias divertidas sobre coisas que eu tinha feito ainda em criança. Mas numa das gavetas eu encontrei uma caixinha com os meus dentes de leite, e em muitas das pinturas do meu pai havia vestígios de uma pessoa que eu sabia ter sido eu. A pegada compacta de uma criança na areia, um vulto alto e um baixo em meio às árvores de uma floresta longínqua.

Na gaveta de baixo encontrei uma toalha de mesa onde comecei a empilhar as coisas que seriam jogadas fora. A gaveta de cima tinha emperrado, mas eu consegui soltá-la com dois ou três puxões fortes. Lá estava parte do material de pintura do meu pai; lápis de cera e tintas a óleo, pincéis cuidadosamente guardados em sacos e dois blocos de rascunho. Também encontrei a caixa de lápis especiais que o meu pai me deixava usar apenas quando nos sentávamos juntos para desenhar.

As pequenas gavetas na parte mais alta guardavam as correspondências da época em que a minha mãe ainda não tinha se mudado da Inglaterra, umas fotografias, um abridor de cartas e um saco de papel branco com selos antigos. Quase tudo acabou na pilha de lixo, e depois examinei um a um os blocos de anotações pretos que, para minha grande alegria, eu havia encontrado na gaveta do meio. Eu os tinha usado anos atrás no final das tardes, depois que o último paciente houvesse fechado a porta ao sair, quando, na falta de coisa melhor para fazer, eu tinha discussões comigo mesmo. Tente escutar mais, eu havia escrito em um lugar qualquer, e senti um arrependimento silencioso ao pensar no meu antigo eu, que havia especulado sobre a maneira de tornar-se melhor naquilo que fazia. Com o indicador, percorri os traços entusiasmados no papel. A caligrafia era a mesma; o homem havia se transformado em outro, enquanto eu desviava o olhar.

Passei muito tempo na mesma posição, folheando as páginas, alegrando-me ao descobrir uma observação bem-feita e recordando os pacientes especialmente difíceis ou amáveis, mas por fim não aguentei mais. Tudo doía.

Exausto, sentei-me na beira da cama e pensei se ainda escovaria os dentes. Em vez disso, inclinei o corpo para trás até me deitar de costas, sempre com as pernas para além da beira e os pés tocando o chão. Foi assim que acordei no meio da noite, completamente quebrado, e com muita dificuldade consegui tirar os sapatos e me arrastar para baixo das cobertas antes de tornar a adormecer.

No dia seguinte acordei em um corpo dolorido, mas estranhamente relaxado. Tomei o café da manhã na sala, que parecia nua e renovada sem as pinturas; exatamente como uma tela em branco que implorasse para ser preenchida. Ao sair de casa eu levava comigo um saco preto, do qual me desfiz poucas ruas adiante.

12/5/1928, bloco de anotações
no. 4

Observações
Sentar atrás dos pacientes funciona bem; eles falam com maior liberdade e fazem discussões mais aprofundadas. Ler mais sobre a interpretação dos sonhos; como o sonho recorrente em que madame Tremblay perde os dentes pode ser compreendido?

Meu estilo
Tento fazer menos perguntas, deixar que os pacientes falem mais. Diferença entre perguntas fechadas e abertas; pergunte para compreender melhor, não para manipular. Alain falou sobre a irmã que se afogou enquanto ele via tudo. O que fazer com a própria tristeza durante a terapia? Eu não quis dar início a um processo de transferência, então não disse nada. Onde se encontra o limite entre frieza e profissionalismo?

Alain: a caminho do trauma; perda da irmã, sentimento de culpa e de perda do amor materno. Continuar.
Mme. Tremblay: será que os dentes podem ser interpretados como perda de poder? Fraqueza em um casamento ruim?
Mlle. Sofie: progresso modesto; ainda está na superfície. Preciso ser mais indutivo.
M. Laurant: Muito obsessivo. Traz um cobertor próprio para o divã e o lava entre uma sessão e a outra. Fixação anal?
Mme. Mineur: Muito simpática. Talvez simpática demais; não consegue explicitar a própria vontade e me permite conduzir

tudo – uma imagem de seu comportamento no mundo real?
M. Ricceteur: Depressão. Praticamente não fala. O que pode ter acontecido?

Agathe XI

Havia seis pacientes antes dela.

Eu tinha reproduzido mentalmente a nossa última sessão por diversas vezes, e a bem dizer não sabia o que esperar. Será que poderíamos simplesmente continuar como antes, ou será que de certa forma ela teria perdido o respeito por mim após o meu derretimento?

Quando abri a porta para chamá-la, ela estava encostada na parede, olhando para fora.

"Acho que o verão chegou sem que eu tivesse notado, doutor", ela disse enquanto se virava na minha direção. "Poucas semanas atrás a neve caía, e agora tudo está cheio de cores."

Olhei para a rua. Ela tinha razão; os arbustos haviam ganhado vida em uma exuberância de verde, e a grama dos pátios estava densa e cheia de viço. Eu me aposentaria no alto do verão.

Sentei-me atrás de Agathe e esperei cheio de expectativa, porém ela se manteve calada por vários minutos.

Quando finalmente começou a falar, a voz soava como se tivesse formado aquelas palavras na boca muito tempo antes, e como se as tivesse levado consigo até poder libertá-las no consultório: "O senhor recorda o dia em que me perguntou o que me deixava com tanto medo, doutor?".

"Recordo."

"Pode ser que o senhor já tenha suspeitado, mas o meu pai nos tocava. Principalmente em mim; eu era sempre a primeira. Mas também em Veronika. Às vezes ele me segurava quando eu passava em frente à cadeira dele, e nessas horas eu não conseguia me soltar. Então ele passava a mão pelas minhas coxas e no meio das minhas pernas, do quadril até as nádegas, e então do peito até o pescoço. E por fim chegava ao meu rosto."

Agathe engoliu com dificuldade; a voz soara inexpressiva e distante enquanto descrevia o caminho percorrido por aquelas mãos. O desconforto se espalhou pelo meu corpo enquanto eu ouvia. Ela tinha razão, talvez eu já tivesse suspeitado, mas assim mesmo senti-me revoltado. Eu já tinha ouvido histórias de abusos, mas aquele era mais sutil; mais bem disfarçado.

"Ele passava muito tempo mexendo no meu rosto, em especial na minha boca. E eu não podia chorar, porque senão ele me consolava, e isso era ainda pior."

Senti uma tensão nas mandíbulas ao imaginar a expressão de prazer do pai, com os olhos cegos arregalados, e o corpo de Agathe paralisado sob aquelas mãos. Notei que eu segurava o lápis com tanta força que meus dedos chegavam a doer, e tive de soltá-lo um pouco.

"Era repulsivo", Agathe prosseguiu. "Eu detestava aquilo, mas a minha mãe dizia que era natural, que era a forma como ele me via. Que ele queria apenas entender quem eu era."

"Quando foi que isso parou?", eu perguntei.

"A bem dizer, nunca; no fim eu saí de casa. Mas começou a ser mais fácil evitar, porque quando eu fazia visitas, em geral havia outras pessoas em casa. Faz dez anos que ele morreu."

"E a sua mãe?"

"Ela ainda mora lá", suspirou Agathe. "Eu a visito duas ou três vezes por ano, mas com frequência acabamos em..." Ela procurou a palavra. "Ah, em um impasse."

"Parece que a sua mãe foi tão cega quanto o seu pai", eu disse, na esperança de que ela não percebesse o tremor em minha voz. Se eu pudesse, teria dado uma surra no pai e na mãe.

"Na verdade eu acho que a minha mãe sabia o que ele estava fazendo", ela disse. "Mas não consigo entender se ela era apenas indiferente ou se de fato gostava de me ver sofrer."

De repente fiz uma associação.

"Agathe, a senhora lembra-se do binóculo do sonho?"

"Lembro."

"E a senhora consegue agora ver o que esse binóculo representa, que não havíamos compreendido daquela vez?" Exasperado, inclinei o corpo para a frente.

Ela hesitou: "Como assim? O que o senhor quer dizer?".

"Quero dizer que o binóculo representa o seu conflito mais profundo!"

Eu quase gritava, e meu entusiasmo era demasiado grande para que eu pudesse me controlar: "Acima de tudo a senhora deseja ser vista; pois de outra forma a senhora não existe! A senhora acabou sentindo ódio daquilo que o seu pai via com as mãos. E a sua mãe simplesmente deixou que acontecesse, mesmo que a senhora estivesse sendo dilacerada na frente dela. A senhora não vê que os seus pais tornaram-na invisível para si mesma?". O sangue latejava na minha cabeça, e novamente voltei a ver Agathe sentada na beira de uma cadeira naquela casa branca, com uma expressão que ninguém devia ter.

A voz dela parecia frágil e soou como se estivesse segurando a respiração quando perguntou: "E o que isso significa?".

Uma pergunta muito simples. Quando respondi, fui dolorosamente lembrado de que ainda me restavam exatamente 71 sessões antes da aposentadoria, e que apenas seis delas eram com Agathe. De repente esse número, que sempre havia parecido alto demais, pareceu assustadoramente baixo.

"Significa que a senhora precisa aprender a se ver, Agathe."

Figura/Plano de fundo

O enterro foi em uma manhã de domingo. Madame Surrugue havia mandado um convite formal pelo correio, e eu não consegui encontrar nenhuma boa razão para me ausentar.

Então lá estava eu, com as palmas das mãos úmidas, trajando o meu terno preto de funeral cheirando a naftalina em pleno sol de verão. As pessoas desfilavam à minha frente na mesma igreja onde os meus pais haviam se casado e em cujo cemitério haviam sido enterrados. Eram na maioria pessoas mais velhas com roupas escuras e expressões solenes, e muitas haviam me cumprimentado, ainda que nos conhecêssemos apenas superficialmente.

Eu tivera a mesma vivência na cerimônia dos meus pais; lembrava-me de todos os apertos de mão e olhares que pareciam exigir de mim uma coisa que eu não tinha como oferecer.

O senhor conhece a morte?

E então Madame Surrugue se aproximou e parou à minha frente. Eu estendi a mão.

"Meus pêsames."

Ela apertou minha mão e acenou a cabeça. Estava ainda mais magra do que na última vez em que eu a vira, mas o olhar parecia tranquilo quando encontrou o meu.

"Obrigada", ela disse.

Os passos rangiam nas pedrinhas do caminho que seguia até a igreja, e por um breve instante eu congelei aquela imagem: a mulher de preto com a igreja branca às costas. Quando ela atravessou as portas duplas, o preto juntou-se ao preto.

Acompanhei minha secretária ao interior da igreja e sentei-me no banco de madeira desgastada logo abaixo do coro. Lá dentro estava fresco, e o cheiro característico de pedra, madeira e vela parecia seco em comparação ao calor úmido no lado de fora. Depois vieram outros cheiros: os perfumes das mulheres, a pomada de cabelo dos homens e a fragrância doce e enjoativa dos lírios.

Será que Madame Surrugue voltaria à clínica para me ajudar com as últimas formalidades? Eu não tinha conseguido falar com ela sobre o assunto durante as minhas visitas, mas naquela altura faltava apenas uma semana e meia para a minha aposentadoria, e tudo precisaria estar resolvido antes disso. Os últimos pacientes tinham de ser dispensados ou receber indicação para continuar o tratamento com outros terapeutas, os prontuários tinham de ser organizados para que pudessem ser entregues ou arquivados, e o contrato com o novo proprietário da clínica ainda não estava pronto. Seria uma tarefa impossível sem ela.

Mais uma vez tentei me concentrar na cerimônia. Junto à entrada da igreja estava o caixão forrado em veludo. Como será que Thomas estava lá dentro? Será que no fim tinha se entregado sem resistir? Eu acreditava que sim.

Permaneci sentado durante toda a cerimônia, com a pregação do pastor e os quatro salmos, mesmo que um desconforto traiçoeiro em minha garganta tenha me impedido de cantar, e mesmo que o cheiro das flores se tornasse cada vez mais opressivo. Aquilo era como uma dor no fundo dos olhos, e dava a impressão de penetrar cada vez mais fundo na minha pele; quando oito homens em ternos engomados levaram Thomas para fora da igreja, senti algo se quebrar dentro de mim.

Um soluço escapou de minha garganta, e senti meu rosto se contorcer. Instintivamente eu o escondi com as mãos, mas o choro ganhou força e precisei morder com intensidade o polegar para abafar o som lamentoso que insistia em sair.

Levei um susto quando senti o toque de um braço em minhas costas. Meu primeiro impulso foi me desvencilhar, porém não me mexi. Em vez disso, para a minha própria surpresa mantive-me sentado no banco duro da igreja com o braço de uma pessoa estranha a me abraçar enquanto eu chorava.

Paz

No dia seguinte ao enterro eu fui ao Le Gourmand depois do expediente comprar os ingredientes necessários para fazer um bolo.

Somente após entrar no mercado e pegar uma cestinha me dei conta de que eu não tinha a menor ideia quanto ao que fazer. Por sorte, do outro lado do balcão uma jovem com um lenço de bolinhas azuis no cabelo enchia potes com balas; eu me aproximei e limpei a garganta.

"Com licença, mas a senhorita poderia me dizer como eu faço para assar um bolo?"

A jovem riu e revelou duas covinhas perfeitas.

"Claro que poderia. Que tipo de bolo o senhor gostaria de fazer?"

"É uma boa pergunta", eu disse. "Um bolo de maçã, talvez?"

"Um bolo de maçã, muito bem. Por favor me acompanhe!"

E então ela começou a andar em meio às prateleiras. Pegou farinha, açúcar e um tablete de manteiga, pediu que eu cheirasse um pau de canela e colocou grandes ovos vermelhos na minha cestinha.

"As maçãs estão aqui", ela disse, apontando para grandes cestos com diversas frutas e verduras; "o senhor tem cardamomo em casa?"

"Infelizmente só tenho um pouco de pão e um queijo velho."

A jovem riu mais uma vez: "Então está na hora de o senhor variar um pouco essa seleção."

Ela me ajudou a encontrar os demais ingredientes enquanto dizia que o pai fornecia ovos frescos para a loja todas as manhãs, e que o bolo que eu havia de preparar era baseado numa receita da falecida avó, conhecida por ser uma cozinheira de mão cheia.

"Para quem o senhor vai fazer esse bolo?"

"É um bolo da paz", eu expliquei, e ela acenou a cabeça, como se aquela fosse a resposta mais natural do mundo.

Quando todas as mercadorias estavam guardadas em sacos de papel marrom, eu lhe agradeci muitas vezes.

"Não há de quê", ela sorriu. "O senhor tem papel?"

Entreguei-lhe o meu lápis e o bloco de anotações que eu sempre levava na bolsa, e ela começou a escrever.

"E depois basta o senhor esperar até que esteja bem frio antes de servir. Assim o senhor vai estar pronto para a paz."

Havia farinha por toda parte. Eu não tinha um *fouet*, então foi uma tarefa quase impossível desfazer todos os grumos, mesmo que eu mexesse a massa com toda a minha força. Mas, quando terminei e o bolo se revelou perfumado e redondo na antiga forma da minha mãe, com os pedaços de maçã em forma de meia-lua elegantemente dispostos em espiral, quase não pude conter minha alegria.

O coração batia forte no meu peito quando toquei a campainha. A porta se abriu e, se ele estava surpreso em me ver, escondeu muito bem a surpresa.

"Boa tarde!", eu disse, exagerando os movimentos da boca. "Eu preparei um bolo." Fiz um gesto de cabeça em direção ao prato e o entreguei a ele.

Finalmente eu tinha visto o meu vizinho de verdade. Era um homem de sessenta e poucos anos, eu diria, um pouco mais rechonchudo que eu. Trajava um roupão desbotado, tinha cabelos grisalhos e desgrenhados e usava óculos de lentes grossas presos a um cordão que repousava sobre o pescoço. Talvez eu o houvesse interrompido durante a leitura do jornal.

Quando notei que o homem apenas piscava os olhos com uma expressão confusa, gritei "bolo!" com os mesmos gestos exageradamente articulados de antes.

Ainda meio hesitante, ele pegou o pacote morno e levou-o ao rosto, como que para cheirá-lo. Uma expressão de surpresa tomou conta daquele rosto cansado. Então o homem levou a mão ao coração enquanto formava um "obrigado" com os lábios.

De repente tive a impressão de que ele parecia uma figura digna de pena com a barriga saliente e os tufos de pelo que lhe saíam das orelhas.

Você existe, eu tinha vontade de dizer; *eu escuto quando você toca do outro lado da parede.*

Em vez disso, fiz um gesto afirmativo com a cabeça e levantei desajeitadamente a mão em um cumprimento: "De nada. Até mais!".

Quando cheguei à minha casa, olhei para trás. E lá estava ele. Ainda na porta, meu vizinho tinha o bolo apertado contra o peito e a mão erguida em um cumprimento.

Bolo de maçã

Derreta quase toda a manteiga em uma panela, cuidando para não queimar.

Coloque duas xícaras cheias de açúcar e mexa até a mistura clarear, acrescentando os quatro ovos aos poucos.

Adicione quatro xícaras de farinha, uma pitada de sal e uma colher de chá de bicarbonato de sódio e misture bem em uma tigela. Coloque um pouco de cardamomo e raspe o pau de canela e a vagem de baunilha. Use o quanto desejar. Se preferir, acrescente um pouco de leite.

Misture tudo e *voilà* – a massa está pronta. Unte uma forma e despeje a massa. Coloque os pedaços de maçã descascados e cortados em cima e aperte-os de leve. Por fim, polvilhe com um pouco de açúcar.

Asse a 180 graus por 45 minutos. Deixe esfriar durante pelo menos meia hora antes de servir.

Bon appétit!

Em casa

Certa manhã eu estava debaixo do edredom, olhando para a delicada rede de craquelados no teto, enquanto imaginava o transcorrer do dia. Eu atenderia cinco pacientes, e me ocorreu que naquele instante eu não tinha a menor ideia de quantos ainda faltavam.

Na cozinha, esquentei água na chaleira. Tirei o ruibarbo da gaveta, cheirei-o e coloquei aquelas folhas escuras em um infusor. Meu vizinho estava acordado; também estava fervendo água, pois logo depois ouvi o assovio característico da chaleira no outro lado da parede. Então retirei as folhas de chá, servi leite na xícara e tomei um café da manhã apressado na mesa da cozinha. Enquanto isso eu me perguntava por que um homem surdo tocaria piano. Talvez ele não tivesse nascido surdo, mas essa seria uma pergunta a fazer outro dia, se eu tivesse coragem.

"Bom dia, monsieur."

Fiquei tão feliz ao vê-la que pela primeira vez na vida

a cumprimentei com um gesto que poderia lembrar um abraço.

"Que bom ter a senhora de volta por aqui!", eu exclamei, soltando-a; "a senhora está de volta, não?"

Madame Surrugue abriu um sorriso tímido e por um instante pareceu uma menina inocente que tivesse recebido o primeiro elogio.

"Estou sim", ela respondeu. "Já não tenho mais nada a fazer em casa, então já era tempo."

Em seguida ela pegou minha bengala - já estava quente demais para usar o paletó, mesmo para mim - e eu coloquei o chapéu na estante.

"Tomei a liberdade de incluir uma nova paciente na agenda", ela disse casualmente enquanto voltava ao seu lugar.

"Uma nova paciente?", eu exclamei. "Ora, mas a senhora não pode fazer uma coisa dessas!"

"Que bobagem", ela disse, virando-se para mim; "o senhor pensou mesmo em se aposentar?"

Ela olhou fixamente para mim, e eu hesitei. Eu jamais tinha conseguido encontrar uma boa resposta para o que fazer com o meu tempo depois que eu parasse. A contagem regressiva tinha sido um objetivo em si mesmo – mas e depois? Somente espelhos vazios.

Mesmo assim, por uma questão de princípios eu me recusei a dar-lhe razão assim tão depressa. Lancei-lhe o que pretendia ser um olhar de censura e disse:

"É preciso me consultar antes de tomar esse tipo de decisão, Madame Surrugue. A senhora tem plena consciência disso. Não podemos continuar desse jeito."

Ela não demonstrou qualquer tipo de preocupação.

"Eu vou pensar sobre esse assunto e lhe dou um retorno à tarde", eu disse, e em respeito à minha secretária preciso dizer que mal percebi a tensão que ela tinha no canto da boca quando acenou a cabeça e tornou a ocupar seu trono.

A ordem minimalista foi restabelecida na mesa da sala de espera, e Madame Surrugue pôs-se a datilografar com uma velocidade impressionante, os olhos fixos nos papéis à sua frente.

Agathe XII

Ela andava cerca de quinze metros à minha frente. Vestia roupas pretas dos pés à cabeça, mesmo que fosse um dia muito quente sem nenhuma sombra; apenas uma fita amarela nos cabelos se destacava. Eu a achava encantadora, mas a essa altura isso já devia parecer evidente.

Ela andava com passos rápidos e decididos, e minhas pernas de velho cansado tinham dificuldade para acompanhar o ritmo, mas de repente ela parou e deu meia-volta. Eu também parei. O sol queimava nas minhas costas úmidas de suor, e pensei: muito bem, agora você foi descoberto. Agora tudo acabou. Todos sabem que não se deve confundir a terapia com a vida real; basta ver o que aconteceu com o bom e velho Jung.

Ela tinha parado bem em frente ao café no Boulevard des Reines, e naquele instante estendia uma das mãos à frente para abrir a porta de vidro enquanto protegia o rosto do sol com a outra. A voz dela me alcançou com uma clareza inconfundível, mesmo que houvesse outras pessoas entre nós; mesmo que a gorgolejante queda d'água no jardim onde eu havia me escondido na última vez estivesse ligada. Como se os meus ouvidos estivessem sintonizados na frequência dela.

"Muito bem, doutor", ela disse, fazendo um aceno de cabeça em direção ao café. "O senhor vem comigo?"

© Anne Cathrine Bomann 2017
© Numa Editora 2021

Agathe
Anne Cathrine Bomann

The translation of this publishing was sponsored by the Danish Arts Foundation with the help of Vikings of Brazil Agência Literária e de Tradução Ltda.

Edição: Adriana Maciel
Produção editorial: Marina Mendes
Tradução: Guilherme da Silva Braga
Preparação: Mariana Donner
Projeto gráfico: Fernanda Soares
Imagem de capa: Luiza Mitidieri

B695a   Bomann, Anne Cathrine

Agathe / Anne Cathrine Bomann ; traduzido por Guilherme da Silva Braga. - Rio de Janeiro : Numa Editora, 2021.
298 p. ; 13cm x 18cm.

ISBN: 978-65-87249-36-0

1. Literatura. 2. Romance. I. Braga, Guilherme da Silva. II. Título.

2021-1324

CDD 813
CDU 82-31

Numa Editora
www.numaeditora.com
contato@numaeditora.com
Instagram.com/numaeditora